づぼらん

寄席品川清洲亭　三

奥山景布子

集英社文庫

目次

づぼらん　寄席品川清洲亭　三

主な登場人物

秀八　大工の棟梁　寄席・清洲亭の席亭
おえい　秀八の妻　団子屋を営む
河村彦九郎　浪人　長屋に住み弁良坊黙丸という名で戯作を書いている
九尾亭天狗　落語家の真打
御伽家弁慶　落語家の真打
大橋善兵衛　書物問屋・大観堂の隠居
九尾亭木霊　木念として海藏寺で修行をしている　九尾亭天狗の息子
おふみ　清洲亭の三味線弾き
竹呂香　女義太夫
夜半亭ヨハン　手妻使い
庄助　秀八の友人　元材木問屋・木曽屋の主人
留吉　秀八の弟子の大工
佐平次　妓楼・島崎楼の主人

第一話

カンペキの母

一

〽おらがかかぁは　づぼらんだぁよ　隣のかかぁは　これもんじゃ
何のかんのと修行はよけれど　遥《はる》か向こうから十六、七なる姐《ねえ》さんなんぞを
ちょいとまた　見そめた……

鼻唄を唄いながら、秀八《ひではち》がイイ機嫌のまま座敷へ戻ってくると、おえいがほんのちょっと眉根にしわを寄せた。

「おまえさん、やめてよ、その下手な唄」

「なんで」

「なんでって……なんだか、なんていうか、品がないっていうか」

「そうかぁ。流行《はやり》の唄なんて、みんなこんなもんだろ」

「まあ、そりゃぁ、そうだけど」

先月の十五日で、清洲亭《きよすてい》は開業から無事、まるまる二年を迎えた。記念興行と銘打っ

て、十一日からの中席《なかせき》には当代一の人気者、御伽家桃太郎《おとぎやももたろう》を真、しかも今や清洲亭の定看板である御伽家弁慶《べんけい》が仲入り前という大ごちそうの顔付《かおづ》けで九日間を終えた。

下席《しもせき》になると、今度は真に座りなおした弁慶に、仲入り前は文福《ぶんぶく》が出るなど、引き続きおなじみの顔ぶれで九月の清洲亭は賑《にぎ》わい、合間にはごひいきを招いた女義太夫や新《しん》内《ない》の会なども開くことができて、秀八の機嫌はこのところ極上吉と上々吉との間をいったりきたり、浮いた浮いたの日々である。

〽ええ、ええ、えーえええ、さの、よいよいよい、よいとこな
　よっぽど女にゃ、のら和尚

上機嫌につられて、近頃はこんな唄がよく秀八の口をついて出る。先月出てくれた声《こわ》色《いろ》の玉虫世之介《たまむしよのすけ》が踊っていたものだが、おえいはどうも気に入らないらしい。

「ほら、なんだかやっぱり、ヤな感じ」

「そうかなぁ」

何がヤな感じなのか、もう一つよく分からない。ただ、秀八もこの唄が何のことを言っているのか、ちゃんと分かっているわけではなかった。

〽おらがかかぁは　づぼらんだぁよ

なんとなく、この一節を口に出してみたくなるだけだ。

世之介の踊りの振りを見て、てっきり〈づぼらん〉は女が腹に子を抱えていることを言うものと思い込んだ。下座《げざ》で三味線を弾いているおふみもそう思っていたというが、例によって物知りの弁良坊《べんらぼう》によると、どうもそうとも限らないらしい。

「上方言葉のずんべらから来ているかもしれません。それなら、のっぺらぼうの意味なんですよ。ちなみに上方言葉では、お産を控えたご婦人のことはぼてれんと言ったりもするそうですが」ということなのだが、それならそれで、まあどっちでもいい。

「さぁてと」

おえいが立ち上がろうとしたので、秀八は思わずそばへ駆け寄った。

「おい、どこ行くんだ」

「どこって、お勝手」

「だいじょうぶか」

「だいじょうぶだよ」

秀八は喉に上がってきたものをごくっと呑《の》み下した。

……そろそろだよ、ご亭主も覚悟して。

産婆にそう言われてから、もう数日経《た》つ。

――女の腹って、あんなに膨らむもんなんだ。

しかも、それでああして平気で歩く。秀八はおえいの体の変化に、毎日そわそわ、落ち着かなかった。「ほら、動いたよ、触る?」なんて言われて、そのたび、確かにおえいの腹の中で起きていることを「おお」と突きつけられる。

もうじき自分の子ができる。父親になる。

うれしくてなんとも言いようのない気持ちになるのだが、一方で、おえいが本当に無事、文字通り身二つになれるのだろうかと思うと、不安で不安で、どうにも尻がもぞもぞする。唄でも唄っていないと落ち着かない。

「さ、今のうち、ご飯にしようよ」

「あ、ああ」

大事にしていた方がいいのはむしろ三月目《みつき》あたりまでなんだそうだ。その後は「あまり動かずにいるとかえってお産が重くなる」と産婆が言うので、おえいは半月ほど前まで団子屋にも出ていた。さすがに今は「店先で産気づくと困るから」と家でじっとしているが、それでも「夕飯の御味御汁《おみおつけ》くらいは作るし、干物くらい焼くから」と言う。

味噌汁《みそしる》から立ち上る湯気と、ネギの香り。あとは目刺しの焼いたので、ささっと飯だ。

以前は夜席が終わってから、夫婦して夜泣きのそばやら、屋台の寿司やらで済ませてしまうことも多かったのだが、産婆の忠告でそれはやめ、できるだけ夜席の前に飯は済ませてしまうように、夫婦の暮らしは変わっていた。

「さ、じゃあおれは夜席の支度するから。おまえはこっちでゆっくりしてな」

「うん」

秀八は夫婦の座敷の障子をぴったり締めると、まずは寄席《よせ》の客席をざっと眺めてから、木戸の外へ出た。

「おう、庄助《しょうすけ》さん」

「ああ、秀さん。雨が上がって良かったが、ちょいと風が出てきたようだ。まあ寒いというほどではないけど」

入り口前の屋台では、いつものように庄助が助六《すけろく》の寿司を出している。

もとは材木問屋の主人で、ぺてんにかけられて一度は夜逃げまでした庄助だが、今では屋台の商いの傍ら、清洲亭の裏方を手伝ってくれている。去年の夏から始めた屋台の商いは幸いうまく行っていて、折詰《おりづめ》を作る手つきも近頃では無駄なく早い。以前の姿を知る人が見たら、にわかに同じ男とは思えぬだろう。

「おえいさん、そろそろだろう。待ち遠しいな」

「あ、ああ」

「しかし、産屋《うぶや》を自前で新しく作っちまうとは、さすが棟梁《とうりょう》だ。近所のおかみさん連中が、おえいさんは果報者だって。秀さん、株上げたよ」

「え、いやぁ」

そう言われると、照れる。

めでたいはずのお産ではあっても、女には実のところ命がけの大事業だ。血の流れるのをはばかり、土間や納戸へ妊婦を入れてあたりを囲い、しばらく別火で暮らしたりする家もある。そうかと思うと長屋住まいでは、お産の一部始終何もかも、ご近所に筒抜け開けっぴろげ、なんてことも珍しくない。

――「奥で産をするから奥さん」とか言ってたのは、〈やかん〉か。

知ったかぶりの先生が、その場限りの思いつきで言葉のわけをでたらめに説く噺《はなし》だ。

どこでおえいにお産をさせようかとなった時、秀八はおえいを土間や納戸で過ごさせるのはどうにもいやだった。ではお産のできるような奥があるかと言えば、常時誰彼となく芸人が出入りする清洲亭には、そんなのはないも同然だ。

産婆のところには、近隣の女たちなら誰でも使っていいことになっている共同の産屋があるというのだが、そこだと男は誰も近寄れないと聞く。産婆によると「お産は男の出る幕ではない」んだそうだが。

――てめぇのかみさんの様子ぐらい、始終てめぇで知りてぇじゃねぇか。

考えた末、秀八は清洲亭の裏庭に二間四方くらいの仮小屋を拵《こしら》えて産屋にすることにした。こうすれば、客や芸人たちとはほどよく距離がとれ、かつ、何かあればすぐ分かる。

母親にも姑《しゅうとめ》にも頼れないおえいだ。せめて気持ちだけでも楽にお産をしてほしい。

「まあ、歳《とし》も歳だし……正直、心配で」

「そうか。おえいさん、いくつになる？」

「ぞろ目だ。厄年だよなぁ」

「三十三か……。そう言えば、その歳に子ども産むのは縁起がいいって聞いたぞ。後産《あとざん》といっしょに厄が全部流れるってさ」

「へぇ」

そうなればいい。いや、ぜひ、そうしてほしい。

いや、ともかくなんでもいい。母子ともに息災であれば。

そう思いながら、秀八はその日の木戸を開けた。


昨日から始まった顔付けは、真の弁慶は引き続きだが、その前にはしばらくぶりの出演となる女義太夫の竹呂香《たけろこう》で、評判は上々だった。

ほぼいっぱい、八十枚の座布団が出て行った。清洲亭の札止めは八十八だから、かなり良い入りである。

「……親方、早速ですまないが、これから木場《きば》へ木口《きぐち》を見に行ってもらえるかい？……」

弁慶が〈子別れ〉を始めたようだ。

酒と女遊びが過ぎて、女房と息子と別れることになった大工が、息子と再会したことを機に、夫婦めでたく元の鞘《さや》に収まる。弁慶得意のネタの一つである。

目やら口やら頬やら、よくこんなに顔のあちこちが動くもんだと思うくらいに、弁慶の顔が自在に動いて、男と息子、元女房のやりとりが進んでいく。巧みな語りぶりに、これを聞きたがる客も多いが、秀八自身は、この噺を聞くとどうしてもややこしい心境になる。

もうすぐ自分が親になる。ということは。

神田《かんだ》の両親はじじばばになる、わけだが。

今のところ、神田へは一切、おえいが身ごもったことは知らせていない。

――知るかよ、あんなお袋。

血のつながっていない母。親父が女郎に産ませた秀八を、己が腹を痛めた子と、分け隔てなく育ててくれた人。なかなかできることではなかろう。文字通り、「有り難い」人と、深く感謝して、きっと恩返しをと思っていたはずだったのに、なぜにここまでこじれたものか。

おえいを頑として嫁として認めなかったり、あげく、出て行った秀八のことを「駿府《すんぷ》の宮大工の家に婿《むこ》に行った」などと、ご近所に嘘《うそ》八百並べていたり。秀八からすれば、受けた恩を忘れ去りたくなるような仕打ちばかりだ。

「……子は鎹《かすがい》？　ああ、だから玄翁《げんのう》でぶつって言ったんだ」

弁慶が落ちを言い終わって高座《こうざ》で頭を下げた。前座の鬼若《おにわか》が懸命に太鼓を叩《たた》いている。

——だいぶ上手《うま》くなったな。

弟子入りしてからそろそろ一年余。お世辞にも器用とは言えず、師匠の弁慶からしょっちゅう小言をくらっているが、投げ出さずにこつこつやっているのが感心だ。太鼓もはじめはべちゃべちゃぼこぼこと妙な音ばかり出していたが、近頃ではちゃんと響く音になって、以前はめちゃめちゃだった間も、それなりに取れてきている。

「お疲れさまです。ありがとうございやす」

「おう。今日の客はいい客だった。気持ちよくやらせてもらったよ」

真打《しんうち》がそう言ってくれるのは何よりありがたい。

「じゃあ、また明日」

「よろしくお頼み申しやす」

弁慶が宿へ行ってしまうと、あとは鬼若と手妻《てづま》使いの夜半亭《やはんてい》ヨハン、呂香、下座のおふみ、それから屋台を仕舞った庄助が慣れた手つきで片付けてくれて、清洲亭の一日は終わりである。

「庄助さん、おそば、まだいたかしら」

「ああ、まだいると思いますよ」

「ね、おふみさん、いっしょにおそば、どう?」

「あら、いいわね。じゃ」

おふみと呂香とは連れだって、清洲亭の脇、庄助の寿司屋台の隣によく出ている、夜鳴きの屋台へ行くようだ。

「じゃお席亭、あたしが木戸、閉めますから」

「ああ、じゃあ行灯《あんどん》もよろしく」

戸締まりを呂香に任せることにして、秀八はおえいのいる座敷へと戻ってきた。

「お疲れさま」

「おう。おっと、おまえ、起きなくていいよ」

おえいが立ち上がって茶を淹《い》れようとするのを、思わず押しとどめる。

「だいじょうぶだよ。あたしも喉渇いちゃったし。それになんだか、ここ二、三日、前よりお腹《なか》がすっきりした感じがするんだもの」

「え、そうなのか」

赤ん坊が育ってきたら腹の中はいっぱいいっぱいなんじゃないのか。それがすっきりってどういうことなんだ。

どうにもよく分からないが、まあ一日の終わりに夫婦で茶。悪くない。

ふうー、と息を吐《つ》いて、常連客の誰彼がどうしたこうしたなど、なんてことのない話をしていると、気持ちがほっとする。そうして、どちらからともなく、寝るか、と声をかけ、行灯を消す。

とろとろ、うとうと、どれくらい経ったろうか。

どーん。ばりばりばりばり……。

「うわっ」

「おまえさん！」

下からどんっと突き上げられる感覚が、秀八の夢心地を押し破った。

――なんだ、なんだこれ。

「だいじょうぶか」

暗がりに手を伸ばして、おえいの体を探り当てる。

かろうじてつなぎあった手を頼りに半身を起こすと、今度はゆらゆらと横に揺さぶられ、おえいが悲鳴を上げた。

「怖いよ……。地震。すごい。なんでこんなに揺れるの」

大きい。たぶん、秀八が知っているこれまでの地震で、一番人きいだろう。みし、ぴし……と、あちこちからなんとも嫌な音が聞こえてくる。

「うち、壊れないよね？」

「何言ってんだ。おれが建てたんだぞ。そんなことあるわけがない」

そう言い切ったものの、秀八も内心いくらか不安ではあった。こんなひどい揺れ方は、思い描いてみたこともなかった。

どれくらい経っただろう、ようやく揺れが治まると、今度はどすんばたんと、誰かがはしご段から落ちた音がした。

「おい、だいじょうぶか」

「はい、すみません。慌てて下りたもので」

ヨハンと鬼若の声だ。

「ともかく、行灯だ。こう暗くっちゃ、どうしようもねぇ」

あいにく今日は二日。お月さまは頼りにならない。

「呂香さん、下りられるかい？」

「はい。どうにか」

呂香がなんとか下りてきたのを見届けて、秀八は股引《ももひき》と印半纏《しるしばんてん》でさっと身支度をした。

「呂香さん。すまねぇが、おえいといっしょに留守を頼む」

「お席亭どこへ」

「番屋だ。こういう時は火事が一番怖《こえ》ぇ。大工の棟梁ともあろう者が、自分ちにすっこんでるなんざ、とんでもねぇ」

品川《しながわ》には、ご府内のような火消《ひけし》の組はない。火事があったら、皆でなんとかするよりないのだ。

番屋にはいつも鳶《とび》が交代で詰めているはずだが、何かあれば男衆は総出が掟《おきて》だ。まして秀八は大工だから、火の回り次第で、どうにも家作を割らねばの段になれば、指図を求められることになる。

「ヨハン、鬼若、行くぞ」

ヨハンに提灯《ちょうちん》を持たせ、鳶口を持って木戸を出ようとすると、もう一撃、足下にぐらっときた。そう言えばひどい地震の揺れってのは一度では治まらず、たいてい何度も大きく揺れるものだ。

「おっと……」

ヨハンがつまずいた。危うく落ちかけた提灯を、鬼若がさっと手を差し伸べて受けた。

「おう、お手柄だ。その調子で頼むぞ」

こんなことから火の手が上がることもあると思うと、ひやっとする。

「行ってくる」

威勢良くそう言いつつも、秀八は胸の中で唱えるのを忘れなかった。

――お天道《てんとう》さま、仏さま。

どうかおえいのこと、よろしくお願い申します。

二

「おふみさん。他のご婦人方といっしょに、清洲亭へ行っていてください」

　長屋の路地から、弁良坊の声がした。

「清洲亭ですか」

「そうです。あそこならきっと丈夫だし、皆でいっしょにいられるでしょう。とにかくこのまま長屋にいるのは危ない。男連中は番屋へ行かなければなりませんから、ご婦人やお子さん、お年寄りはあそこで」

「分かりました」

　弁良坊はそのまま、路地を出て行った。おふみは言われたとおり、火の始末をすると、長屋の年寄り、女子どもに声をかけた。

「皆さん、火の始末はいいですか。じゃあ、前を歩く人の帯をしっかりつかんで。ゆっくりね。速く歩くと、ついていけない人がいるといけないから」

　そう言って、歩き出した途端だった。

　みし、じわ、ぱりぱりぱり……。

「ひっ」

年寄りの一人がなんとも言えぬ悲鳴を上げ、おふみも息が止まりそうになった。

――そんな。

どーんという音とともに、今出てきたばかりの長屋が無残に潰れ、土煙を上げている。もうほんのちょっと、出てくるのが遅かったら、何人もが下敷きになっていただろう。

「うわー、あー。あたしはもういい。ここで死ぬ」

「何言ってるの！　ちゃんと逃げよう。ね」

腰を抜かして泣き出す年寄りを叱りつけるようにして立たせると、おふみは皆の足を必死で清洲亭へと向けさせた。

さして遠くない道のりのはずだが、一歩一歩がやけに重い。

木や土が軋《きし》み合うようないやな音がそこらじゅうから絶え間なく響き、時には明らかに建物の倒れるどーんという音も混じる。わずかな提灯の灯《あか》りを頼りに歩きつつ、どくんどくん、どくんどくんと、己の胸の音までが不気味だ。時折、糊屋《のりや》の老婆《やや》の声で「南《な》無《む》阿《あ》弥《み》陀《だ》仏《ぶつ》、南無阿弥陀仏」と念仏が聞こえるのがどうにもイヤだったが、止めろとも言えない。

――ああ。

提灯の向こうに、やっと清洲亭が見えた。常は何の気なしに歩いている道の、なんと遠かったことだろう。すがる思いで木戸に手をかけると、力を入れる前に向こうからがらっと勢いよく開いて、おふみは出てきた人と鉢合わせしそうになった。

「呂香さん！」

「おふみさん！」

提灯の灯りに、たすき掛けをした呂香の姿が浮かび上がった。

「良かった。あ、お長屋の女衆も。助かるわ。あのね、たいへんなの、おえいさんが」

「おえいさん？」

まさか。よりによって。

満月か、あるいは反対に月のない晩に、お産は始まりやすいというが。

「産気づいたみたいなの。お産婆さん、どこ？　あたし住まいを知らないもんだから」

「おや、そりゃたいへんだ。あたしたちで行ってあげるよ。二人は棟梁のおかみさんについててあげな」

後ろから声がした。豆腐屋の女房がおふみから提灯を受け取ると、他の女衆二、三人と連れだって出て行った。

おふみはとりあえず、他の者たちを寄席の客席に入れて落ち着かせた。

「ここで、朝になるのを待ちましょう。行灯の火、気をつけて」

糊屋の婆は相変わらず念仏を唱えている。さすがに誰かがたまりかねて「うるさいよ婆さん。子どもが怖がるから、やめとくれ」と声を上げた。

「おふみさん、あっち、いっしょに来てもらっていい？」

呂香が裏庭の方に目をやった。棟梁が作った産屋だ。どうやらもうおえいはそちらに移っているらしい。

「分かったわ」

呂香といっしょに裏庭へ出て、産屋の中へ入ってみた。薄暗がりの中、積み上がった布団にもたれて、おえいが中空を見上げている。

「おふみさん。来てくれたんだ」

これまでに聞いたこともないような不安げな声。痛みがあるのだろう、時折顔をしかめている。

「おえいさん。だいじょうぶよ」

「あのね、おしるしはまだないみたいなんだけど、痛くなってきちゃったんですって。だから、慌ててこっちへ。まだ破水してはいないみたい。夜明けくらいまでかかるかしらねぇ」

小声で要領よくおえいの様子を伝える呂香に、おふみはおやっと思った。

――呂香さん、独り身だよね？

それにしては、お産のことをよく知っているようだ。破水やおしるし――お産の前のちょっとした出血――のことなんて、おふみは自分が清吉《せいきち》を産むまで知らなかった。

さりとて、今は呂香の来し方を詮索している場合ではない。

「とにかく、お湯、たくさん沸かしておきましょう」

そう言っていると、おえいがあっと声を上げた。

「あ、痛っ。わっ」

どうやら破水したらしい。

「おえいさん、だいじょうぶよ。これ握って、体預けて」

二人はおえいの背中に布団をあてがい、梁《はり》から下がっている長い布を手でつかませた。

「痛み、段々に来ると思うけど、だいじょうぶだからね」

「痛かったら痛いって叫んでいいわよ。我慢なんかしなくても」

おふみの言葉に、呂香がおやっという顔でこちらを見た。

「私ね。清吉を産んだ時、お姑さんから、みっともないから声を出すなって叱られて、猿ぐつわされたの。今思うと、何よそれ、声くらいいいじゃないって。そう思わない?」

おふみにとっては、山ほどある、昔の嫌な思い出の一つだ。呂香は目に意味深な色を浮かべてうなずいている。

うう、ああと、おえいの声が続いたり途切れたりを繰り返している。代わる代わるその背中をさすりながら、おふみと呂香は小さな声でつぶやき合った。

「遅いね、お産婆さん」

「そうね。たいした道のりじゃないんだけど」

「まさか、何かあったんじゃ」

万が一、産婆が間に合わなかったり、来られなくなったりしたら、どうしよう。

おふみの不安を知ってか知らずか、呂香がこともなげに言った。

「だいじょうぶ。今なら、子ども産んだことのある女が何人も近くにいるじゃない？なんとかなるわよ」

「うん。そう、そうね」

なんとか気を取り直して、どれくらい待っただろう。

「お待たせ。産婆さん、来たよ。そこらじゅういろんなものが崩れてて、ここと行き来するの、思ったよりたいへんだったよ。回り道しないと通れないところもあって」

豆腐屋の女房の声だ。おえいも呂香も思わずふうと息を吐く。産婆だけは大名行列でさえもその間を通してくれるというが、崩れた建物が相手ではどうしようもない。

「さて、えらいことになっちまったけど、こういう時はたいてい安産なものだよ。さ、診せておくれ」

息を切らせて、産婆が中へ入ってきた。

「お願いします」

――わ、また揺れた。

とにかく湯をと、へっついへ行きかけて、下からの揺れに思わずしゃがみこむ。おえいは痛みで分からなくなっているかもしれないが、さっきから幾度となく、大小小刻みに揺れが襲ってきて、そのたびに呂香と目が合う。二人とも、口には出さずに呑み込んでいるだけだ。

どぉん。ずずずずっ……。

――何、今の？　地面が鳴ってる？

今度は何かが爆発して崩れるような音がした。呂香がちらりと屋根に目をやっていたが、幸い、音はもっと遠くから聞こえてきたものらしい。

おえいが痛い、痛いと一段と声高に訴え始めた。

「しっかり、おえいさん」

「痛いってことは赤ん坊が出たがってる証拠。だいじょうぶだよ」

良かった。この産婆はおふみの姑のように、声を出すななんて言ったりしないらしい。しかししばらくすると、おえいの口からぱたりと声が出なくなった。代わりに、かすかないびきが聞こえている。

「あれ、眠っちゃった」

「これもだいじょうぶな証拠さ。眠れるなら、今のうち体を休めるといいんだ」

産婆はこともなげに言う。

うつらうつらするおえいを見守っているうち、東の空が橙《だいだい》に色を変えてきた。

「お席亭、まだ戻らないかしらね」

「ねえ」

やがておえいが目を覚まし、ふたたび悲鳴が上がりだした。

「よし、それだけ声が出りゃあだいじょうぶ。立派に赤子を送り出せる」

産婆はそう言いながらおえいの背中に回り込み、叫び声がちゃんと呼吸に変わってい
けるように支えたり、前に回って様子を見たりしている。

――あら？

産屋の外で人声がしている。おふみは外へ出てみた。

「お、おふみさん、あ、あいつは……」

秀八が地面に腰を下ろして、というより、腰を抜かしてぺたりと座り込んで、両手を
顔の前で合わせている。

「お席亭、だいじょうぶだから。あたしたちに任せて」

「わ、わ、また。さっきから、なんだ、あの声。あれ、おえいの声ですかい。いった
い……」

「おろおろしないの！　おえいさん、がんばってるんだから」

思わず叱りつけて、背中を向けてくすっと笑ってしまう。

「どうしたの？」

中へ戻ると呂香が首をかしげた。

「ううん。やっぱり、お産は男の出る幕じゃないわね」

お天道さまが高々と昇ってきらきらと光が降り注いできた頃、おえいはやっと赤子を産んだ。

「棟梁。立派な、女の子よ」

「女の子……」

お天道さま、仏さま、おえいさま。

秀八がそう言っていたのを、おふみは確かにこの耳で聞いた。

産屋の中はいったん落ち着いたものの、一夜明けて、実は辺り一帯が大変なことになっているのを、おふみは改めて思い知った。

——家が……。

おふみや弁良坊の住む長屋は、見るも無惨に潰れていた。これをどう片付けるのか。

たいした持ち物とてないけれど、壊れた屋根や壁の下になった家財道具や衣類を思うと、胸が痛む。今の自分が本当に着の身着のままなのだということを認めるのは、辛《つら》いことだった。二丁持っている三味線が、両方とも清洲亭に預けてあったのだけが救いである。

「当分は、清洲亭に身を寄せるしかありませんね」

途方に暮れるおふみの傍らで、弁良坊が腕組みをしていた。

「それでもまあ、ここは火も出なかったし、死人やけが人もなくて良かったです。まあ某《それがし》などは、大事なものといっても書物くらいですが」

弁良坊の話では、やはり火の手の上がったところもあったようだ。昨夜一晩、秀八をはじめとする大工や鳶の者たちはほとんど休む隙《ひま》もなく、風向きや火の出具合を読みながらそこここの家作を壊し、少しでも延焼が少なくて済むよう、動き回っていたという。

「棟梁、ご活躍でしたよ。今後は、新しく建てる方でも忙しくなるでしょうけれども」

感心して聞きながら、産屋の外で地面にへたりこんでいた秀八のことは、言わずにおいた。

二日三日と経つと、少し離れた場所のことも、噂《うわさ》で伝わってくるようになった。

「どうやら、砲台、潰れてしまったそうですな。夜中の大きな音は、あれだったようです」

「おやおや、せっかくできたばかりじゃありませんか」

「お気の毒に、二番砲台が一番ひどかったらしいですよ。会津《あいづ》のお侍がずいぶん亡くなったとか」

「火薬に火が入らなかったのがせめてもですが、それにしても気の毒な」

おふみはよく分かっていなかったのだが、庄助と弁良坊とが話していたところによると、おととしから品川に造られていた砲台の普請や警固というのは、それぞれ、あちこちのお大名の受け持ちにされていたのだそうだ。あの晩、遠くで地鳴りのような音がしたのは、会津藩が受け持っていた砲台の落ちた音だったようで、五十人ものお侍が命を落とす大惨事だったらしい。

清洲亭はさすがにどこも傷んでいない。ただ、そのため、今や一時的に身を寄せる近隣の人々で一杯になっている。日ごろから見知らぬ老若男女が集まる場だからだろう、ここならしばらくいても安心だと誰しも思うようだ。

男たちはずっと総出で片付けに励み、女たちはなんとか食べ物を集めてきて炊き出しをしている。棟梁で席亭の秀八は、傍目《はため》にも目の回る急がしさのようで、せっかく家に戻ってきても、ゆっくり娘の顔を見る間もなく、眠りこけてしまう。

産屋の中では、積まれた布団におえいが体を半分預けて斜めになっている。すっかり横たわってしまうより、しばらくはこの姿勢の方が良いと、産婆が言い置いて帰ったのだった。長屋の女衆は、交代で粥《かゆ》を運んだり、汚れ物を洗ったりしていた。

「おえいさん、お乳ね」

「はい」

おふみは添い乳をしやすいように、おえいの頭の下に座布団を一つ差し込んでやった。

「ね、おふみさん」

二人だけになると、おえいが小さい声で言った。

「どれくらい、こんなの続くのかな」

おっぱいをやる時に、かなり痛みがあるらしく、おえいは涙ぐんでいた。おふみも同じ思いをしたことがあったので、辛さはよく分かる。

「まだ痛い？」

「うん……だいぶ、慣れた、かな。でもなんだかずっと眠いし……」

当分は一時《いっとき》（約二時間）ごとくらいにお乳をあげなくてはならない。続けて長く眠ることができないので、どうしても一日中うつらうつらする。

痛みやら眠気やら。お産の大変さは、男にはなかなか分かるまいとおふみは思う。

——そういえば、どうするのかしら。

ちょっと前におえいから聞いたことだが、神田にいるという秀八の両親、特に母親は、とにかくおえいのことを気に入らないのだそうだ。

「そもそも品川に来たのは、神田から家出、駆け落ち同然だったの。だからね」

秀八はおえいが身ごもったことさえ、まだ両親に知らせていないという。

——知らせないってわけにもいかないだろうけど。

「じじばばに喜んでもらえないのって、ちょっと寂しいわよね」

ふっくらとした頰によくえくぼを浮かべて笑う。常のおえいはそんな人だ。それだけにこんな侘《わび》しげなことを言うのを見ると、どうにも気の毒になる。

「だいじょうぶよ。孫が生まれて喜ばないじじばばなんていないから」

そう言ってしまって、おふみは自分の言葉の嘘くささに嫌気がさした。子が生まれても大してうれしそうでもなんでもなかった、別れた夫とその母親のことを、うっかり思い出してしまったからだ。おふみは思わず頭をぶるんぶるんと横に振った。

じじばばなんぞいなくたって、子どものことを案じてくれる人は、ご縁様々、周りにたくさんいる。血縁よりありがたい地縁はいくらもあると、この品川で身に沁《し》みているではないか。

——清吉は無事かしら。日本橋《にほんばし》の方は、どうだったのだろう。

考え出すと、いても立ってもいられない。

「お粥、持ってきたよ。代わろうか」

いつの間に戻ってきたのか、呂香が洗ったさらし木綿を抱えて仁王立ちしていた。

「どうしたの、おふみさん、やけに考え込んでるような顔して」

「ううん、なんでもないの」

——きっと、だいじょうぶ。あのご隠居さまのお店だもの。

だいじょうぶ。

「わっ」

ぐらっと体が揺れた。呂香と思わず顔を見合わせる。

最初の晩の揺れほどではないものの、日に一、二回くらい、こんなことがある。

「浅草《あさくさ》は、どうなってるかなぁ」

呂香の住まいは浅草の聖天町《しょうでんちょう》だという。

「一度帰ってきたいけど、男衆たちの話では今、女一人で浅草まで行くのは大変そうよね」

どうやら品川よりご府内の方がさらにひどいことになっているらしいというのが、ここ数日で聞こえてきていた。深川《ふかがわ》や浅草は地獄のようだという人もいた。

「どうせ一人住まいだし。しばらくここでご厄介になることにしようかな」

「それがいいわ」

呂香がいてくれると何かと心強い。おふみは産屋から出て、お天道さまを振り仰いだ。

三

「ここで、いいですかねぇ」

「いいと思いますよ。どの説に拠《よ》るにせよ」

弁良坊が言うのだ。間違いはなかろう。

秀八は忙しい合間を縫って寄席の廊下の下に穴を掘り、小さな壺《つぼ》を埋めて丁寧に土をかけると、今度は足を差し入れてその土をぐっと踏んだ。

胞衣《えな》。赤子が生まれてきた後に、腹からいっしょに出てくる後産。

へその緒だけは別にして大事に箱にしまうんだが、あとのものは男親が壺に入れて土へ納めるのが定法だといって、産婆が壺を置いていった。壺代は、取り上げの代金のうちに入っているという。

で、いったいどこへ納めるかについて、「最初に踏んだものを怖がるようになるので、人に踏まれないところに埋めるのが良い」という説と「多くの人に踏まれる場所に埋めた方が、その子が立派に育つ」という両説があるのを、秀八は聞き込んだのだった。

「どっちが正しいんでしょうね？　ってか、どこへ納めりゃあいいんだか」

昨夜ちょうど弁良坊に会ったので、勢い込んでそう尋ねると、うーんと唸《うな》ってしばらく考えてから「お席亭がまず確かに踏んで、その後大勢の人に踏まれればいいんじゃないですか」と答えてくれた。

「最初に踏んだものを怖がるだけなら、何も人に踏まれないところを無理に選ばなくとも、怖がられるべき人がまずはじめに踏んでしまえばいいことでしょう。それって、男親なんじゃありませんか」

「そ、そういうもんですか」

怖がられるべき人。舌でも嚙《か》みそうだ。

「ええ。で、もし、大勢の人が踏む方がいいんだったら、こちらのお客さんに踏んでもらうのが、一番いいんじゃないんですか。ご縁があって。方角も良いと思いますよ」

——なるほど。

先生の理詰めはたいてい、こっちを得心させてくれる。ただ、こんな余計なことも聞かされた。

「胞衣については、ずいぶん様々の伝承があるようですね。酒で洗うと、男親の家の紋が浮かびあがるとか。父親が誰かをはっきりさせたければそうすべしとあります」

冗談じゃない。父親はおれに決まっている。そんなことはどうでもいいから、ともかくしっかり埋めて、しっかり踏んでやろう。

助言どおりに壺を埋めると、秀八は木戸を出て、東へ向かって歩き出した。

——あとは、名前か。

名前、名前。女の子の名前。

丈夫に育ちそうで、器量よしで気立ての良い素直な子になりそうで、一生食べるものにも着るものにも困らなさそうで、とびきりの良縁に恵まれそうで、じゅうぶん長生きできそうな……。

――だめだ、これじゃ、〈寿限無《じゆげむ》〉だ。

縁起の良い言葉を欲張って、子どもに長い名前をつけてしまった親。結局その長さが災いして、子どもは命を落としてしまうというのが落ちだ。「欲深いのはいけないっていう、仏道の教えからきた噺なんでしょう」と弁良坊は言っていた。

地震が起きてからの忙しさは、これまでに覚えのないほどのものだ。片付け、新しい木材の手配、普請と、かなり先の先まで、しなければならないことが詰まっている。

――寄席の方は。

無理に決まっているよな。

地震はご府内の方がさらにひどかったようだ。品川でも北の方では、建物の下敷きになったりして死んだ人が出た。けがをしたり、住まいが壊れたりして難儀をしている人は、もちろん数知れない。

清洲亭の客席に、当座の住まいに困っている人を大勢、受け入れているのが感心だというので、秀八は見回りに来たお役人からお褒めの言葉をちょうだいした。意図したことではないけれど、まあそんなふうに他人さまのお役に立つのなら、悪い気はしない。

――ただ、なあ。

ついつい、「いつ、ここがちゃんと元の姿に戻るだろう」と考えてしまうことは多い。

何にも知らない子どもが舞台袖の幕なんかに汚れた手でべたべた触ったりしているると、ついつい「やめてくれ！」と叫びたくなる。昨夜、年寄りが勝手に高座用の座布団を持ち出しているのを見た時はさすがに「これだけは使わないでくれ」と取り上げた。そんなこんなで、やっと生まれてきた娘の顔も、なかなかゆっくり眺める隙もない。

あちこち、片付くまでの我慢。何より、大工である自分は、そのために働くことができる。秀八は、そう考えて、いらだつ気持ちを懸命に抑えた。

――まずは、貴船明神《きぶねみようじん》に寄っていくか。

ここの境内にはお救い小屋ができている。大工のように、人の難儀で景気が良くなってしまうような生業《なりわい》では、わずかな金額でもいいから、ここの篤志にちょくちょく差し出しておく方が、寝覚めが良い。

「ご苦労さまでございます」

金包みを差し出し、篤志の芳名帳に金釘流《かなくぎりゆう》で名を書くと、秀八は改めて拝殿に向かって頭を下げた。

ほっと一息吐いて、今日約束のある普請場――というより、まだ片付け場みたいなものだが――へ行こうとして、秀八の目はある一点で止まった。子どもたちの輪ができている。

「ねえもっとやってぇ」

「さっきのもう一回見たい」

ヨハンだ。お救い小屋にいる子どもたちを集めて、手妻を見せているらしい。

「手妻はこれでおしまいだよ。次は木念《もくねん》さんのお話を聞こう」

――木念。

墨染めを着た若い坊主。もと九尾亭木霊《きゆうびていこだま》の、木念である。

どうやら、子守代わりに、二人で即席、篤志寄席という趣向らしい。

「さあ、みんな十月ってどんな月か、知っているかな？」

年かさの女の子が「かんなづき！」と声を上げた。他の子が「神さまいなくなるんだよ」と続ける。

「そうだね、よく知っているね。そう、神さまが出雲《いずも》へ行っちゃってる。だから、地震を起こす大ナマズが暴れてしまったんだ。本当はこの貴船の明神さまが、ナマズが暴れないようにいつも見張っているんだけど、今お留守だから」

子どもたちが口々に、お留守？　お留守なの？　と不安そうに首をかしげた。

「だいじょうぶ。ちゃんと留守番の神さまがいるから。これからその神さまがナマズと合戦をするお話をしよう。淡島《あわしま》さまって言うんだ。よく聴いておくれよ……」

――木霊。

なんだか面白そうだ。

やはり、蛙《かえる》の子は蛙。いやいや、天狗《てんぐ》の子の木霊だ。噺の心は、消えていない。続きが聞きたいところだが、約束の刻限に遅れてしまう。秀八はぐっとこらえて、その場を後にした。

——こういうの、なんて言うんだっけな。

後ろ手に引かれる。いや、それはなんか違う。

まあいいや。

木霊が噺をしている。それだけで、秀八にはとりあえず、心にちょっと、温かいものが増えた。

長屋の崩れたところから、まだ使えそうな木材やら何やらの材料を選《よ》り分けて、あとは薪に出したり、土に戻したり、まずは普請に入れるように片付けるのが、なかなかどこも手間だ。

「こりゃあ、暇がかかりそうだなぁ」

「そうですねぇ」

伝助《でんすけ》も留吉《とめきち》も、ばりばりと働いてくれるが、瓦礫《がれき》の山は手強《てごわ》い。

昼の休み、庄助が拵えてくれた握り飯を頬張っていると、伝助が脇へ来て、ぼそっとつぶやいた。

「棟梁。明日は、お七夜《しちや》ですよね。おめでとうございます」

「あ、おう。ありがとうよ」

そうだ。だから名前を。

「神田へは、相変わらず何もお知らせになっていないんで？」

「ああ。……構わねぇよ」

「そんなことおっしゃらずに、一度いらしたらいかがで」

「伝さん。気を遣ってくれなくていい。うちん中はおめでただが、世間さまはこのありさまだ。今は働くのが先だろう」

地震のさなかに生まれた子だというので、珍しがったりありがたがったりしてくれる人もあるが、かといって、常の世間並みに祝うには、いささか気が引けるのが正直なところだ。

「ですが、揺れ方はあちらの方がひどかったらしいって話ですし。親方とおかみさんは……」

ここで伝助の言う「親方とおかみさん」は、自分とおえいのことではなく、万蔵《まんぞう》とおとよのことだ。気にしてくれているのだろう。伝助はもともと父の弟子だったのを、秀八が品川へ来るとき、いっしょに移って来てくれたのだ。

「これだけ仕事が立て込んでちゃ、おれが品川を離れるわけにはいかない。どこも待ってくださってるし」

「そりゃあそうですが……」

秀八だって、気にならないわけじゃない。

「何にせよ、少し落ち着いてから、だ。さ、始めるぞ」

伝助はまだ何か言いたげだったが、それ以上口を動かすことはなかった。


夕刻、家に戻った秀八は、裏庭へ回った。

「あら、お席亭、お帰り」

お七夜が済むまで、産屋の中へは入るなと言われているので、入り口から顔だけ覗《のぞ》くと、おえいはちょうど赤子に乳をやっているところだった。

「おまえさん、お帰り。名前、決めたかい？」

「ん、ああ、もう少し、考えさせてくれ」

「そう。分かった」

おえいの頰がちょっと削《そ》げた感じなのが気に掛かる。やはり、赤子に栄養を取られるのだろうか。

「だいじょうぶか？」

「うん。眠いけどね。おふみさんや呂香さんに、よくお礼言っておいて。二人がいなかったらと思うと、ぞっとする」

おえいの言葉にうなずきつつ、秀八は自分の座敷へ戻った。

ここで一人で寝起きするというのは、これまでにないことで、どうにも妙な気分だ。もうすぐ七日経つわけだが、まるで慣れない。

「お膳、置くよ」

豆腐屋のおかみさんだ。

「どうも、かたじけねぇ」

黙々と済ませてしまうと、秀八は名前を考えようとして、身近な女たちの名前をひとおりさらってみた。

おえい、おふみ。手伝いのお弓《ゆみ》、髪結いのお光《みつ》。それから、今は信州にいる、庄助のお内儀《かみ》は確かお園《その》さんだ。それから、生まれた子の婆さん――血はつながってないけど祖母はおとよ。

「お膳、済んだなら下げるよ」

秀八の返事も待たずにお膳が下がっていく。そういえばこのおかみさんの名はなんだっけ。

女の名前。どうしようか。

「ちょいと、湯に行ってくる」

近所の湯屋は、昨夜やっと再開したばかりで、久々にさっぱりしたい人でごった返していた。

芋を洗うような湯船で、それでもじっくり考えた末、翌日のお七夜の席で秀八が披露した名は、「初《はつ》」だった。弁良坊に頼んで墨黒々と半紙に書いてもらったのを、恭しく神棚に上げる。

「良い名前だね。良かった良かった」

おえいと赤子は、まだ当分産屋で過ごすことにしているが、今晩はお七夜のお披露目というのでちょっとだけ、座敷へ出てきた。時が時なので祝いの膳などはなく、おふみと呂香が、いっしょになって神棚を拝んでくれただけである。

「ほらお初。お父《と》っつぁんだよ」

「お父っつぁん」と言われて赤子を差し出され、秀八は戸惑った。

――むすめ、かぁ。

十月十日、おえいが身のうちに抱えて育ててくれた、小さい体。これからはおれが一番に、守ってやらなけりゃ。

頭の芯と背骨がかあっとなる。うおーっと叫び声でも上げたいようだ。思わず目の奥から熱いものがこぼれてきそうになっていると、「ちょっといいかい」と声がして、庄助が顔を見せた。

「なんか、大工の秀八はここかって、訪ねてきているお人があるけど。入ってもらっていいかな？」

「客人？」

「ご年配の、ご夫婦みたいだけど。ずいぶんお疲れのようだが」

――まさか。

おえいがいぶかしげにちらっとこちらを見た。

土間へ下りていくと、木戸の根元に座り込んでいる白髪交じりの男がいた。

「今、行きやす」

「親父……」

「よう」

「ようじゃねぇよ。どうしたってんだ。まさか、一人じゃ」

「いっしょに来てるよ。決まりが悪いんだろ、そこに隠れてる。……おとよ、秀八が出てきてくれた。顔出しな」

木戸の陰から、おとよがおずおずと顔を見せた。

「お袋……。ともかく、そこじゃ話もできねぇ。中へ入ってくれ」

「すまねぇな」

土間へ二人を伴ってきて、秀八はためらった。

「ちょいと、ここで待っててておくんな」

大急ぎで座敷へ戻ると、おえいにおふみに呂香、女三人の目が一斉にこっちを見た。

「おえい、実は……」

おえいの目がつり上がった、ように見えた。おふみと呂香が顔を見合わせた。

「もしかして、お舅《しゅうと》さんと、お姑さん？」

「ああ。どうしよう」

「どうしようって。追い返すわけにもいかないでしょ」

「今、ここに入れていいか」

見つからない答えを無理矢理探しているのか、おえいの目が泳いでいる。

「いいけど。あたしいない方がいいかな」

「けど、それも妙だろう。ここに連れてくるから、いてくれ、頼む」

土間で所在なげにしていた二人は、寄席の出入り口の方をつらつら眺めている。

「ずいぶん、人が大勢いるようだが」

「近所の人たちだ。長屋が潰れたりして、居場所のない人が客席で寝泊まりしてる。さ、おれらの住まいはこっちだ。ああ、足、そこで洗ってくれ」

万蔵の左手にぐるぐるとさらしが巻かれている。おとよが万蔵の足を洗ってやっていた。土埃《つちぼこり》と汗の混じった臭いが立ちこめ、万蔵もおとよも疲れ切っている様子だ。

ねぇ」


「それ、手、どうしたんだ」

「小指と薬指、骨が折れちまったらしいんだ。ふがいねぇ」

「指くらいですんで良かったんだよ。神田はとにかくひどいことになっちまったから
　おとよがはじめて口を開いた。

襖《ふすま》を開けると、お初を抱いたおえいが、座敷の隅に座っている。おふみと呂香は事情を察して、その場を離れてしまったらしい。

「おや、赤ん坊じゃないか」

万蔵とおとよが驚いて駆け寄った。おえいがぎこちなく「どうも」とだけ言った。

「秀八の子なんだね？　男の子、女の子？　いつ生まれたの？　名前は？」

「女の子です。地震の時に生まれて。今日、お七夜なんです」

「お初ってんだ。今おれが名付けたところだ」

「そうかい。なんだね、知らせてもくれないで」

──どう知らせろって言うんだ。

息子は駿府の宮大工に婿に行ったなんて、嘘をついて回っている人に。

喉まで出かかった言葉を、秀八はどうにか呑み込んだ。万蔵とおとよの目がお初に釘
付けになっているのが分かるが、おえいの方は「あんたたちには絶対、この子を触らせ

ない」とでも言いたげに体を硬くしていて、今にも火花が散りそうに見える。

「おえいが知らせるなって言ったのかい」

「そんなはずないだろ。なんてこと言うんだ」

「知らせてくれてたら、こんなふうに転がり込むんじゃなくて、もっと前からいろいろ祝いの支度なんかもできたじゃないか」

「そんなこと言ったって、どうせ地震が起きてたら同じだろう」

「そりゃあそうだけど。それでも、気持ちってのがあるだろうに」

――その気持ちを先に踏みにじったのはそっちだろう。

不服そうなおとよを、万蔵が「そう言うな。こっちが世話になりにきているんだから」とたしなめた。

「ま、ともかく座れよ。神田、どうなってんだ」

「それが」

万蔵とおとよが代わる代わる話したところによると、神田のあたりは、とにかく土蔵の崩れがひどかったのだという。

去年の暮れ、神田ではかなり大きな火事があった。火元は竪大工町《たてだいくちょう》の北隣の神田多《た》町《ちょう》の乾物屋。風向きの気まぐれで竪大工町はたまたま類焼を免れたものの、連雀町《れんじゃくちょう》や新銀町《しんしろがねちょう》、佐柄木町《さえきちょう》など、かなりの範囲が焼けたらしい。

「建てなおそうって段になってな。奉行所からお達しがあったんだ。できるだけ、屋根は板葺《いたぶ》きじゃなくて瓦で。商家はともかく土蔵造りにしろって」

瓦に土蔵。確かに燃えにくいが……。

「おまえなら言わなくても分かるだろうけど、瓦と土蔵は確かに燃えにくい。その代わりに、揺れると重みでえらいことになる」

建て直されて間もない、まだ新しい土蔵や瓦が、雪崩《なだれ》を打ってそこら中を埋め尽くす様子が目に浮かぶ。人が巻き込まれたら、ひとたまりもないだろう。秀八は思わず顔をしかめた。

「崩れて落っこちてきた瓦が、こともあろうにおれの手めがけて飛んできやがって。避《よ》けきれずにこのざまだ。歳は取りたくないもんだぜ。ま、押しつぶされて死んじまった人がたくさん出たから、指くらいで済んで良かったたって、言わなきゃいけないんだろうけどな」

万蔵はため息を吐いた。

「本当は、向こうの片付けを差配したかったんだがな。指二本動かねぇのが、こんなに不自由だとは思わなかったさ、ちくしょうめ」

「この人はこんな言い方してるから、たいしたことなさそうに聞こえるだろうけれどね。ともかく、指を治すもなにも、まともに寝られるところさえないんだよ、向こうは。通りも四方八方塞がっちゃってるし、医者だって出払っちまってる。若い者たちが、片付けは自分たちがするから、しばらく若棟梁のところに身を寄せたらどうかって……」

そういうことか。

「でも、思い切って来てみて良かったねぇ。初孫の顔を見られるだなんて、ありがたいじゃないか。ね、おまえさん」

おとよが万蔵に向かって満面の笑みを見せた。

おえいがこのやりとりをどう聞いているだろう――そう思って目をやると、お初がふえぇっと泣き出した。

――お、おい。

「どうしたかな。よしよし、あっち行こうね……」

お初を抱えてついっと座敷を立って行くおえいの姿があった。おとよが一瞬追いすがるように立ちかけたが、おえいの勢いに気圧《けお》されたのか、結局決まり悪そうにその場に座り直した。

自分たちで心を決めて出てきたとは言うものの、おえいの気持ちからすれば、おとよにいびり出されたも同然だろう。今更いい顔されたところで、昔下女呼ばわりまでされた恨みが、たやすく消えるはずもない。まして、こんな形で転がり込んでこられては。

「ちょ、ちょっとここで待っててくれ」

秀八は座敷を出ると、お初の泣き声を追った。

「おえい」

薄暗い産屋に戻って、おえいはお初に乳をやっていた。

「おえい……」

黙ったまま、どれくらい経ったろうか。

「勝手だね、ずいぶん。いきなり来られたって、知らないよ」

無理もない。

「……って言ってやろうと思ったけど。そうもいかないね」

すまない。

「だからね。決めたよ、あたし」

「決めた？」

「うん。地震でしばらく住むところがなくて、清洲亭を頼ってきた人が、二人増えたんだって。そう思うことにするから」

かたじけない。

お天道さま、仏さま、おえいさま。

秀八は改めて胸の内で手を合わせた。

四

「ありがと」

翌朝、産屋でゆっくり目を覚ましたおえいは、お初が寝ているうちにと、呂香が運んできてくれたお粥を口に運んでいた。

「ねえ、おかみさん。昨日来た二人って」

呂香はしばらくお初をあやしてくれていたが、おえいがあらかた食べ終わったのを見て取ると、そうこちらに水を向けた。

「うん。うちの人の、両親よ」

「そう。だいぶ長いこと、会ってなかったの？」

「そうね。うちの人はたまに顔を出していたかな、ほんとにたまに。あたしは、もう何年ぶりだか。十年ぶり、いやいや、もっとになる」

「あのお義母《かあ》さん、なんだか難しそうだものね」

「分かる？」

「うん。いるよね、ああいう人。なんて言うかな、悪い人っていうわけじゃないんだろうけど、窮屈っていうか、どんな時でも、正しいことしか認めたくない、みたいな」

うまいこと言う、と思ってうなずいていると、足音と人の声が聞こえた。

「あの、産屋の中のことは、お産婆さんの指図で、私たちがお世話していますから、どうぞご心配なく」

おふみの声だ。

「何言ってるの。おえいはうちの嫁で、お初はあたしの孫ですよ。心配して当然でしょ」

声が近づいてくる。

――入ってこないで。

とっさにそう思ってしまう自分がいる。

「まあ、こんな大仰なものをわざわざ拵えるだなんて。秀八もずいぶんぜいたくなことをしたものだね」

――ぜいたく？

「よいしょっと。おはよう」

何のためらいもなく中へ入ってきたおとよに、おえいは思わず身構えた。

「あの、何かご用ですか」

「ご用ですかって……。孫の顔見るのに、そんな言い方されなきゃいけないのかい。はあいお初、お祖母《ばあ》ちゃんですよぉ」

――図々しい。血はつながっていないくせに。

思うまいとしても、つい怒りがこみ上げてくる。

「で、こっちの人は誰？」

「竹呂香さん。うちに出てもらっている義太夫語りです」

「義太夫語り……女義《じょぎ》ってやつかい。さっきの人は下座の三味線弾きって言ってたけど。なんだか妙な人ばっかり寄せ集まっているんだね。堅気の女はいないのかい」

呂香が露骨に顔をしかめている。

「お産はどれくらいかかったの？」

「一晩くらいです」

「そう。それなら楽だったわね。歳を取ってからの初産《ういざん》は大変だっていうけど、そうじゃない人もいるのね」

確かに難産ではなかったのだろうけれど。でも「楽」と言われるのはなんだか心外だ。

「あたしなんか息子を産むのに丸二日がかりでね。大変だったのよ」

「そうですか」

それって誰のことですか。うちの人じゃなくて、千太《せんた》って人のことですよね。思わずそう言いそうになって、おえいは黙った。

昔、神田でしばらくいっしょにいた頃は、「自分は子を産んでいない」と取り繕っていたはずなのに、もうそんなことも忘れてしまったらしい。

「お乳はよく出るの」

「はい。おかげさまで」

「ふうん。で、ずっとここにいるのね」

「ええ。お産婆さんからそう言われてますから」

「そう？　動けるなら早く動いた方がいいんじゃないのかい」

——何よそれ。働けって、言いたいの？

「あの、何のご用ですか」

おえいがつい語気を荒らげると、お初がわぁっと泣き出した。

「あらあら。きっとおしめよ。見せてごらんなさい」

「いえ、さっき替えたばかりですから」

抱き上げようとするおとよの手の先から奪うように、お初を自分の身に寄せる。思ったとおり、おしめが濡《ぬ》れている様子はない。

「じゃあ、お乳じゃないの」

それも違う。さっき飲んだばかりだ。おえいは次第にいらいらが募ってきた。

——見慣れない年寄りが来たからでしょうよ。

まさか、そうは言えない。

「あの、お義母さん、すみません」

外からおふみの声がした。

「良かったら、台所、手伝ってもらえませんか。手が足りないんです」

――ありがたい。

「まあそうなの。しょうがないねぇ」

お初はまだ泣き続けている。

「よしよし、泣かないの。お祖母ちゃんまた来るから」

来なくていいから。

そう思いながら、おえいはおとよに背を向けて、お初を自分の体で包み込むようにした。

ようようおとよが出て行くと、呂香がぼそっと「たいへんね」とつぶやいた。

――先が思いやられるってのは、こういうのを言うのかも。

十余年、忘れていられたことを、おえいは否応なしに、思い出すことになった。

最初の一日で、おとよの立ち居振る舞いからおえいが味わった「うんざり」は、ほんの数日の内にすっかり、おふみと呂香にも伝わったようで、二人とも明らかに面倒くさいと思っている様子が見て取れた。

おふみは遠慮しているのか、あまり口に出さないが、呂香はいっしょに鬱憤を晴らそうと思うようで、日々あったことをおえいに告げていく。

「今日ねぇ。糊屋のお婆さんと、言い合いになっちゃったのよ」

おとよが来て、四日ほど経った日のことだ。呂香がやはりうんざりした調子で、産屋でこぼしていった。

「お姑さんが？　あの糊屋のお婆さんと？」

糊屋のお婆さんはちょくちょく受け答えがとんちんかんだが、おおかた、誰にでも優しくて気のいい人だ。ちょっとした留守番とか、にわか雨の時の洗濯物の取り込みとか、おっくうがらずに引き受けてくれるので、長屋では重宝がられている。

「あのお婆さん、ちょっと耳が遠いじゃない？　そんなの、ここにいる人はみんな知ってるから、細かいこと気にしたりしないんだけど」

それはそうだ。例えば、留守を頼むにしても、戸締まり用心を頼むのはいいけれど、留守に訪ねてきた人が誰だったかとか、言づては何だったか、まで当てにするのは、このお婆さんにはちょっと無理である。

「お姑さんが朝、何か頼んだらしいんだけど、全然通じてなかったみたいなの。それを、〝聞こえていないなら、はいはいって調子のいい返事をしないで〟って、怒っちゃって」

「ああ、お婆さん、何でもはいはいって返事しちゃうものね」

あのお婆さんの〝はいはい〟はむしろ、〝分からない〟に近い。分かることだけ、ちゃんとやってくれる。そういう人だと思ってこちらは心づもりしておかないと、ややこしくなるのは確かだ。

「しかも、そう怒られてるのに、お婆さんがまた〝はいはい〟って言っちゃったものだから、お姑さん、いっそう怒っちゃって」

おえいは笑ってしまった。まるで滑稽噺の落ちみたいだ。

さりとて、これからのことを思うと、笑ってばかりもいられない。何よりおえい自身が、朝となく昼となく産屋に押しかけてきては、ごちゃごちゃ指図がましいことばかり言っていくおとよを、一番持て余していた。

――面倒だなぁ。

そろそろ産屋から出て、少しずつ普通の暮らしに戻るといいよ――産婆がそう言いおいていったのは、十月もそろそろ二十五日になろうとする頃だった。

お初を取り上げてくれた産婆は、歳はたぶんおえいより十くらい上だろうか。いつもきりっとした口調、「産後の女はとにかく養生第一、家のことなんてできなくて当然、どんどん周りの人に甘えなさい」という考えの持ち主で、このあたりの若い女たちからとても頼りにされている。蘭方の医者とも付き合いがあるというから、たぶん新しい考え方をする人なのだろう。

ところが、いくらか年配の女たちには、それを「嫁を甘やかしすぎ」と言って、この産婆をよく言わない者も多い。

おとよもご多分にもれず、「なんだか怠け者の手引きをするような産婆だ」とぶつぶつ言っていたのだが、その日はとうとう面と向かって、産婆の言うことに異を唱えてしまい、おえいをさらにうんざりさせた。

「産屋から出てもいいけれど、無理はいけないよ。少しずつ体を慣らさないと、乳が出なくなったりするから。特に水仕事はだめ。冷えるのは一番良くない」

おえいとお初の様子を診ながらそう言ってくれる産婆に、おとよが脇から口を挟んだ。

「あら。体をさっさと動かした方が、乳がよく出るんじゃないかねぇ。あたしなんかはそうだったけど」

「それは違う」

産婆がきっぱりと言った。

「たまたま、お姑さんは、その頃体をすぐ動かせるほど元気で、しかも乳がよく出た、というだけよ。物事を、なんでも都合のいい因果で結びつけてはだめ」

その言い方があまりにもぴしゃっとしていたので、おえいもちょっと驚いたほどだった。

――お産婆さんも、お姑さんのことあんまりよく思ってないかな。

実はおとよは前にも、「乳を飲ませると痛いのが辛い」とおえいが産婆に相談していたら、脇から「それは母親としての心がけができていないからなんじゃないか」と言って、「そんな馬鹿馬鹿しいことをお嫁さんに言うものじゃない」とたしなめられたことがあった。

「そう？　でも昔から伝わっていることには、理屈があるんじゃないのかねぇ。みんな信じてやってきてるんだし」

産婆の眉間のあたりがぴくっと動いた。

――黙っててくれればいいのに、もう。

餅は餅屋。秀八が好きな言葉の一つだ。何でも、その道の玄人《くろうと》を大事にせよという意味だそうだ。

商家の旦那などには、噺や講釈などをいっぱしにやってしまう「天狗連」と呼ばれる人たちがあって、そういう人が芸を披露する会などもある。

ただ、そういう旦那方の中には時折、その道で生計を立てている噺家や講釈師を大事にしない人があって、秀八は嫌っている。結局自分がやりたいばっかりで、寄席の上客にはなってくれない人が多いからというのが大きな理由らしいが、そこには一応、秀八なりの理屈があるらしい。「素人《しろうと》が楽しめるのは、玄人があってこそだ。いくら芸自体が上手くたって、しょせん自分が楽しむだけの素人と、生業として人を楽しませる玄人では違うんだ。そこが分からないのは何よりいけねぇ」というのだ。

こんな時にこんなことを思い出すのは、たとえがおかしいかも知れないが、もしお産に玄人というものがあるとすれば、それはやはり産婆以外にあるまい。お産は多くの女が経験することではあるが、毎日のようにいろんなお産を診て、それで生計を立てているのは産婆だけだ。そういう人に、一度子どもを産んだだけの人が口を挟むっていうのは、どうにも傍で見ていて気持ちの良いものではない。きっと産婆はむっとしたに違いない。

自身もよく思っていない姑とはいえ、自分の身内が他人さまから悪く思われるのは、おえいにはたまらなく嫌なことだ。まして、産婆には、これからも何かと世話になることは多いだろうし。

「乳をやるためには体が元気なのが一番。かといって、体が元気でも、乳の出が悪い人はいくらもいる。大事なのは、何でもかんでも勝手に結びつけて、物事を悪い方へ考えるのをやめること。おっ母《か》さんが安楽、気楽にしているのが、赤子には一番いいんだから。いいわね」

産婆がさらにぴしゃっと言うと、おとよは口の中で何かぶつぶつ言いながら、決まり悪そうにその場を離れていった。

「じゃ、また何日かしたら診に来るよ。もちろん、何かあったらいつでも人をよこしなさい」

そう言って立ち上がった産婆は、産屋を出る間際、振り向いて言った。

「負けちゃだめよ」


おえいとお初がいよいよきちんと産屋から出ようという段になって、今度は万蔵とおとよの寝間をどうするかという問題が起きた。

「えっ。お舅さんとお姑さん、座敷で寝泊まりしているの？　客席じゃなくて？」

「あ、ああ」

「で、おまえさんはどこで寝てるの？」

「楽屋」

「楽屋って、一階の？　あそこは狭いじゃない」

二階に三つある楽屋は、芸人が寝泊まりもできるようにと作ってあるが、一階の方はあくまで出番前の控えのための場所でしかない。おえいは改めて、秀八のお人好しぶりに呆《あき》れた。

――座敷をお舅さんとお姑さんに譲っちまうなんて。

清洲亭はもともと、寄席と秀八夫婦の住まいとがいっしょになった建物だ。一階には舞台と客席、廊下を挟んで夫婦の寝間兼座敷。土間はそれぞれにあり、寄席の方は客の下足を預かる出入り口で、住まいの方は台所になっている。

「じゃあ、産屋から出るのはいいけれど、あたしとお初、どこで寝るの？　お乳もやらなきゃいけないのに、客席なんて、いやだからね」

「分かってる。親父とお袋には、客席へ移ってもらうから」

幸い、客席で寝泊まりする人は少しずつ減っている。おふみや弁良坊の住む長屋の再建にはもう少しかかるものの、身内や親類などを頼って品川を離れる人や、早々に再建を始めた商家などに住み込みの仕事の口を見つけたりする人など、それぞれ、長屋より先に、暮らしの方を新たに建て直しに入っている人も多くなっていた。

ところが、それを聞かされたおとよは、「あたしたちに雑魚《ざこ》寝しろって言うの？」と険しい顔をした。

「じゃあ、私が客席で寝るから、二階をご両親に使ってもらえば？」

二階の楽屋で寝泊まりしているおふみが、様子を察して気を遣ってくれ、万蔵も「それはすまねぇな」と同意した。

「おふみさん、それは、なんだか悪いわ。それならあたしがずっと産屋にいるわよ」

おとよの反応を窺《うかが》いながら、おえいはそう言ってみた。いくら親でも、転がり込んできた身じゃないか。多少は遠慮してもらいたい。と思うのは、こちらの心が冷たいのだろうか。

「それはだめよ。お産婆さんも言ってたじゃない、それはだめだって」

「そうだけど……」

人は減ってきたといっても、客席はろくな仕切りもなく、近所の人たちと雑魚寝だ。何かと世話になっているおふみをそこに寝かせるのは悪いとおえいが遠慮していると、思わぬ形でその案は退けられた。おとよが難色を示したのだ。理由は、「万蔵の指がまだ完治しないから」というのだった。

「もう大丈夫だ。それに、はしご段が下りられないほどの傷じゃねえ」

万蔵はそう言ったが、確かに、医師の玄庵《げんあん》の指図で、左手はまだ添え木をされてさらしでぐるぐる巻きのままだから、はしご段の上り下りには不自由だろう。

――なんだかな。

産屋から母子が出てくるってのは、本来めでたく迎えてもらえることじゃないんだろうか。なんでこんなことで思案しなきゃいけないんだろう。

ありがたいことに、さっきからお初はおえいの懐ですやすやと眠っている。その重みを抱えつつ、ふっと侘しい気持ちになって、さて秀八がどう言うだろうかと窺っていると、おとよがまた意外なことを言い出した。

「おえいとお初は、舞台で寝ればいいだろう。幕だって引けるし、産屋と変わらないじゃないか」

「えっ……」

あくまで、自分たちが秀八の座敷で寝ようというのだろうか。

今晩からは、秀八と母子三人で休める。そう思って楽しみにしていたおえいは、あまりのことにすっかり鼻白んでしまった。

それに、高座の置かれる舞台は特別な場所だ。加えて、幕を引くってのは、あくまでその後に披露される演者の芸のためにすることで、仕切りの代わりに引いて寝泊まりするなんて冗談じゃない。

おえいも秀八も、これについては互いに言わずとも、間違いなく同じ心持ちだ。それは、寝泊まりしていた近所の人にもなんとなく伝わっているようで、地震のすぐ後、客席が一番人でぎっしりしていた時でさえ、さすがに舞台で寝ようという者はいなかった。昼間走り回って幕をべたべた触っていた子どもや、高座用の上等の座布団を持ち出して使おうとした年寄りでさえ、である。

「舞台はだめよ。あそこ存外風通しがいいんだから。冷えちまう」

絶句してしまった秀八夫婦に代わって、呂香があっさり言ってくれた。

「じゃあ、おまえだけ二階で世話になれ。おれは客席でいいよ」

万蔵がぼそっと言った。

「何だい、それは」

「もう、いいから。な、おとよ、そうしよう。秀八も、そうしてくれ。だから、おえいさんとお初は、ちゃんと座敷へ」

「親父、すまないな」

「いや、いいんだ」

そう言うと、万蔵はすっと廊下に出て、客席に入ってしまった。その背は、もうこれ以上ごちゃごちゃ話をしたくないと言っているように見えた。

「おふみさん。良かったら、あたしといっしょに寝ない？」

「え、呂香さんの部屋？」

「うん。狭いけど、女二人、だいじょうぶよ。けんかしたって知れてるわ」

呂香が住んでいた浅草は火事がひどく、住まいのあったあたりはほぼ焼けてしまったらしいと、弁良坊がどこからか聞き込んできていた。

おふみと呂香ならきっとけんかになぞ、なりはしないだろう。

「じゃあ、しばらくそうさせてもらおうかな。片付けてくるわ。お姑さん、少しお待ちくださいね」

女二人がはしご段を上がって行ってしまうと、おとよは斜め上に目を泳がせながら、黙りこくっている。

「おえい、とりあえず座敷で座れ。おっ母さんも。何も昼間から二階へ行ってろとは言わないんだから。お初、今晩からお父っつぁんともいっしょに寝ような」

そう言っていた秀八は、夜になるとすぐ寝付いてしまった。おとよも存外おとなしくはしご段を上がっていった。

おえいは産屋でしていたのと変わらず、一時半（約三時間）くらい経つと目を覚まして、お初に乳をやった。

乳首を含ませる時の痛みはようようなくなって、こうしてお初を抱いていると、まだ体のどこかがつながったままのようで、不思議な気持ちになる。

お初は、食べることと寝ることだけで一日を過ごす。しかし、よく考えると今は自分も似たようなものだ。お乳をやっておしめを替えて添い寝して――もうそれだけでじゅうぶんくたくたで、おふみや呂香がいてくれなかったら、どうなっていただろうかと思うと、ぞっとしてしまう。

暗がりの中で、おえいは寝る前に呂香と交わした二言三言を思い出していた。

「ありがとね、呂香さん。いろいろ気を遣わせちゃって」

「とんでもないわ。あたし、今ここの居候だもの」

「あら、そんな言い方、しないでよ。いてもらって本当に助かってるのに」

「そうお？」

「もちろんよ」

「でもねぇ。芸を披露するところのない芸人って、やっぱりただの役立たずだもの。あーあ、どこでもいいから早く寄席の高座に上がりたいわ。手も声も鈍っちまう」

――寄席かぁ。

実はさっき寝る前、秀八もぽろっと「寄席、早く開けてぇな」などとこぼした。おえいはつい「あたしはそれどころじゃないからね。やるなら、あたしのことは当てにしないでやって」と強い口調で言ってしまったのだ。

「いや、すまん。おまえが大変なのは分かってる」――存外あっさり折れた秀八に、おえいは申し訳なくも思ったが、正直、団子屋をやって、寄席の面倒も見て、という以前の暮らしが、今のおえいにとって、ちょっとやそっとでは戻れそうにない、遠い話になってしまっているのも本当だった。

「ふえぇ……」

お乳は一杯になったのか、お初がぐずるとも甘えるともつかない泣き声を上げた。

「よしよし」

背中をとんとん、とんとん、と叩いて、おくびが出てくるのを辛抱強く待つ。

「よしよし。さぁ、またちょっと、寝よう」

朝になると、なにやら台所から声が聞こえてきた。

「あの、ここはいいですから、どうぞ」

「そう言わずに。あたしも何かしたいのよ」

「本当、いいですから」

このところずっと、飯炊きはヨハン、御味御汁は呂香が作ってくれているのだが、どうやらおとよが台所仕事をしようとしたのを、二人が断っている様子である。

「お姑さん、どうぞあちらでゆっくりしててくださいな」

呂香のよく通る声がした。

飯が炊き上がるとまず秀八が膳を済ませる。その間に、おえいは久々、握り飯を作ることにした。今朝、「久々に、おまえの握ったのを食べたい」と秀八から頼まれたのだ。

「おや、握り飯かい。どれ、かしてごらんよ」

「あの、お義母さん、いいですから」

「何言ってんの。ほら」

おとよが勝手に握り飯を作ってしまった。

――あ。

秀八はいつも握り飯は小さめにしてくれと言う。三口ぐらいで食べられるのがいいのだそうだ。が、おとよが握ったのは、どう見ても倍くらいある。

――まあ、いいか。

「おえいさん。おはよう」

お光の声だ。これまでもちょくちょく見舞ってくれていたが、今日は道具箱を下げている。髪結いは、もう仕事があるらしい。

「れんこん、お得意先でいただいたの、うちの人がたくさんきんぴらにしたから、少しおいていくわ」

「お光さん、いつもありがとう。お菜、助かるわ」

お光はいつもどおり、ごめんくださいとも言わずに慣れた足取りで土間へずんずんと入ってきて、そのますぐに出て行った。

「また来るわね」

お光と入れ替わりに、庭で別の声がした。

「おえいさん、お洗濯するわよ」

おふみの声だ。聞きつけて、呂香が出てきた。

「じゃ、二人でするわ」

「ありがとう」

気づくと、おとよがこっちの座敷へ入ってきて、仁王立ちしている。

「おまえさん、ほんとに楽をしているよね」

「え、ええ。手伝ってくれる人が多いので」

——嫌みかな。

いやだなと思いつつ、自分もさっと朝餉《あさげ》を済ませた。〝おっ母さんが安楽、気楽にしているのが、赤子には一番〟。産婆がそう言っていたではないか。

お初の世話に明け暮れていると、おとよが四六時中、家の中や庭を出たり入ったり、あっちをうろうろ、こっちをうろうろしているのが分かる。万蔵の方はどうやら秀八といっしょに出かけてしまったらしい。

夕刻になって、秀八と万蔵が戻ってくると、廊下でおとよが万蔵を待ち構えていて、何やらぶつぶつ言い始めたようだ。

初めのうちは何を言っているか聞こえなかったが、やがて「産屋」とか「ぜいたく」とかいう言葉が聞こえてきた。

「おまえさん。産屋なんて拵えてある家、見たことあるかい？　いったいどこの大店《おおだな》なんだか。どうせおえいの歳じゃ、この先そう何度も使うことはないだろうに。もったいないことを」

「またその話か。もういいじゃないか。秀八にそれだけの甲斐性《かいしょう》があるってことなら」

「ええ、ええ。そうですねえ。本当、そうですねえ」

おとよの声が大きくなってきた。万蔵は話を打ち切りたかったのだろう、座敷へと移ってきて、「お初の機嫌はどうかな」とおえいに話しかけてきた。

「あ、お初。お祖父《じい》ちゃんだよ」

聞こえなかったふりをして、愛想良くお初を万蔵に見せていると、おとよが座敷へと追いすがってきた。

「亭主に甲斐性があるから、おえいさんはあたしの手伝いなんぞいらないんですって。いいご身分だことねえ」

——そんなこと、言ってないじゃない。

今度は矛先がまともにこちらへ向いてきたようだ。

「みんなからおかみさん、おかみさんって奉られて大事にされて、何の苦労もないんですとさ。あたしなんぞ、長屋の土間で子ども産んで。そいでもって乳飲み子抱えて大変な思いをしている時に、この人は女郎買いに行ってたんだ」

「おい、よさねぇか」

万蔵が低い声で言いながらおとよの肩に手をやると、おとよは体を震わせてそれを振り払った。

「何だい、本当のことじゃないか。吉原《よしわら》の切見世《きりみせ》に通い詰めて、紅梅《こうばい》とかいう女郎と深間になっていたくせに」

ヨハンだろうか。その場からそっと離れ、はしご段を上がっていく気配がした。

「お袋、何も今こんなところでその話をしなくてもいいだろう」

秀八がなだめようとすると、おとよはいっそう声を高くした。

「ええ、ええ。ご立派に育って。かわいい嫁をもらって。おまえさんの息子は、できた息子だよ」

「いい加減にしないか」

おとよがむくれた顔のまま、黙ってしまった。

ふえぇっと、火が付いたようにお初が泣き出した。

抱え上げてその場からそっと抜け出し、舞台脇の下座へ逃げ込む。しばらく出番のない鳴り物たちが、じっと身を寄せ合っているように見えた。

——なんなのよ、もう。

幼い子を抱えている時に、亭主が女郎になんぞ入れあげたら。しかも子までなしたりしたら。

そのやるかたなさは、おえいにはまったく思いも及ばない。

でも、おとよは万蔵を許してふたたびいっしょになった。しかも、女郎の産んだ子を自分で育てた。

——とんでもない人だ。あたしなら……絶対できない。

できた女房。度量の広いおかみさん。周りからさぞ、そう言って褒められたことだろう。

じゃあなんで、今更こんなふうにぐちぐち言うのか。ここのみんなにまで、けんつくらしい言い方ばっかりして。そんなにあたしが気に入らないのか。

どうせなら、嫁にも優しい、非の打ちどころのない姑さんになってくれたらいいじゃないか。

おえいの目からこぼれる涙にまるで返事でもするように、お初もふぇ、ふぇと泣き続ける。小さな体を抱えてぼんやりしていると、足音を忍ばせてきた人影があった。

「おかみさん」

「呂香さん」

「半纏、持ってきたわ。風邪引くといけない」

「ありがと」

半纏を肩からかけ、お初に乳を含ませる。ようやくほっと、息が吐けた。

「立ち入ったこと聞いて悪いけど、お席亭って、あのお姑さんとは、なんか訳ありなの？」

「ええ。……生《な》さぬ仲なんですって。お舅さんがよその女に産ませた子だって」

「そう……」

呂香はそれ以上は聞かず、代わりにかけてあった三味線を取り出すと、爪弾《つまび》きで唄いだした。

〽おらがかかぁは　づぼらんだぁよ　　隣のかかぁは　これもんじゃ
何のかんのと修行はよけれど　遥か向こうから十六、七なる姐さんなんぞを
ちょいとまた　見そめた……

不思議なものだ。同じ唄なのに、呂香がゆっくり低い声で唄うと、秀八が唄うのとは違ってまるで子守歌である。乳を飲んで満足したのか、かぷっと小さなおくびのあと、お初は眠りに落ちていった。

〽ええ、ええ、えーええええ、さの、よいよいよい、よいとこな
よっぽど女にゃ、のら和尚

そのまま爪弾きでしゃらりしゃらりしゃん、と軽くかき鳴らすと、呂香はぼそっとつぶやいた。
「……女って、面倒くさいわねぇ」

五

――癇癖《かんぺき》、ねぇ。

あんなふうに言うから、そろそろ神田へ帰るのかと思ったら、そんなことはないようで、おとよは毎日ぶつぶつ言いながらも、居座り続けている。

――帰れとも言えねぇし。

一方のおえいももちろん機嫌が悪いが、こちらはおふみや呂香のおかげでずいぶん助かっている。この十月に呂香を顔付けしていたのは、ありがたい因縁としか思えなかった。

ヨハンからでも昨夜の様子を聞いたのか、弁良坊に会うと「なかなか、癇癖のきついお母上らしいですな。お席亭もおかみさんもご苦労だ」などと言われる始末である。

「かんぺきってぇますと?」

「ああ。癇癪《かんしやく》の癇に、癖と書いて、かんぺき。周りはたいへんでしょうが……一番たいへんなのは、実はご本人かもしれません」

「はあ」

――癇癪の癖か。

昔は、あんなじゃなかったが。小さい頃だって、万蔵からはげんこつをくらったことの二度や三度はあるが、おとよには手どころか、大声さえ上げられた覚えもない。秀八が常吉《つねきち》親方のところへ弟子入りを決めた頃などは、よく涙ぐんでいて、本当に優しいおっ母さんだったのだ。

兄の千太の素行が悪くなってから、確かにため息を吐いたり怒ったりすることは多くなったが、それを秀八に向けてくるようなことはなかった。

——ってことは、やっぱり。

おえいが気に入らねぇってことか。

改めて振り返ってみると、あんな、かんぺきとやらを見せるようになったのは、やはり秀八の縁談からだ。

——なんだってんだ。

「そうそう、大観堂《たいかんどう》、大橋《おおはし》のご隠居が、清洲亭が開くのを楽しみにしているっておっしゃってましたよ。ご府内よりむしろ早く開けられるんじゃないかって」

そういえばこの数日、弁良坊は清洲亭にいなかった。どうやら京橋《きょうばし》へ行っていたらしい。

「そうですかい」

京橋の方もけっこう燃えたと聞いていたが、大観堂は無事だったらしい。しかもご隠居がそんなふうに言ってくれているのなら、本当にありがたい。ありがたいが——今はなんだか頭の中がごちゃごちゃして、そういった段取りをつけられそうになかった。

「ビラも札も、いつでも言ってください」

「ありがとうございやす」

弁良坊と別れて普請先へ向かおうとすると、後ろから「おい」と呼びかけられた。

「なんだ、親父じゃないか」

秀八を追ってきたらしい。

「今のお武家さん、よくおまえのとこにいる人だよな。どういう知り合いなんだ」

「ずいぶんいろいろ、世話になってる。手紙、読んでもらったり、寄席の刷りもの書いてもらったり。知恵袋みたいなもんだ」

「ふうん」

「で、何の用だい」

「おう。普請、おれも連れて行け。握り飯もここだ」

「何だって」

「いいじゃないか。じゅうぶん役に立つぞ。もう手だって動かせる」

万蔵は左手をお天道さまにかざすと、ゆっくり握ったり開いたりしてみせた。昨日、玄庵からようやくさらしと添え木を外していいと許しが出た。

「おいおい、無理しないでくれよ」

客席に寝泊まりしている者たちは、昼間はたいてい壊れた住まいの片付けに出て行く。自分が出かけてしまうと、家はおえいとおとよ、あとはせいぜいおふみと呂香くらいで、女ばかりになるから、まあ居づらいのも無理もない。

「分かった」

普請場まで、小半時（約三十分）ほどの道のりを、万蔵と同道する。

——こんなこと、いつ以来だか。


「秀」

「なんだ」

「おまえ、まだ寄席、やるつもりなのか」

「なんだよ、藪《やぶ》から棒に。やるに決まってる」

「……そうか」

万蔵はしばらく黙ったまま脇を歩いていたが、やがて口を開いた。

「噺や色物が悪いっていう気はねぇが……。道楽は、そろそろよしにしてもいいんじゃねえか。どうだ、見るだけにとどめちゃあ」

「道楽？」

「ああ。せっかく、腕も上がってるようだ。大工一本にして、常吉親方みたいに、名人と言われるように、やっちゃあどうだ」

「名人……。ふん、そんなの、おれの柄じゃねぇ」

「まあ黙って聞け。おまえのところの家作、とっくり見せてもらったが、なかなかよくできてる。それから、川分《かわぶん》てぇ料理屋の座敷。あすこは、大工仲間じゃ評判だ。神田まで聞こえてきたぜ」

――神田まで。

「このまま一本で精進すりゃあ、きっともっと名は上がる。ただなぁ。世間ってのは、なんてぇか、そうそう、いろいろいっぺんにやりたがる人間には厳しい。いくらおまえの腕が上がっても、棟梁と席亭、両方兼ねているうちは、まず超一流と褒めてはくれまいよ。器用で使える、便利なやつだ、くらいが関の山だ。ずっと半ちくなままだぞ」

――半ちく。中途半端だっていうのか。

「今すぐ決めろとは言わねぇ。よく考えろ」

普請場へ着くと、留吉が驚いてぴょこんと飛び上がった。留吉の長屋も潰れてしまったのだが、今は伝助のところで世話になっている。

「と、棟梁。こちらは」

「よう。うちの親父だ。今日は助《すけ》に来てくれたんだ」

「と、留吉ってぇます」

「へぇえ。おまえの弟子か。伝助は」

「伝さんは、今日は他へ行ってもらってるんだ」

「そうか。……任せるとこは、任せないとな。よし、じゃ始めるか」

留吉が目をぱちくりさせていたが、そこは職人同士で、すぐに仕事が始まった。

「道具、いいか、おまえの使っても」

「ああ、構わねぇ。しかし、無理しないでくれよ」

今日頼まれているのは海晏寺《かいあんじ》の屋根の修理だった。地震で折れたり、ずれたりしたところを外し、柱、梁との兼ね合いを見ながら、材木を入れていく。

——さすが、いい手際だな。

少し猫背になってはいるが、まだまだ腕は衰えていないようだ。留吉と二人では明日までかかるかと思っていた段取りが、万蔵のおかげで今日一日で済みそうだった。

「親方」

「なんだ」

「親親方、すごいね」

「なんだ親親方って」

「言ってたじゃないか、弁慶さんが。師匠の師匠は大師匠だって。親方の親父さんだから、親親方」

留吉の無駄口に笑っていると、見覚えのあるお店者《たなもの》が二人、通りかかった。

「いやぁお席亭、ご精が出ますね」

「ああ、どうも」

「寄席の方はまだ開きませんか」

「寄席ですか」

「ええ。地震の後始末はもちろん大変ですが、それはそれとして、そろそろ、噺だの手妻だので、気晴らししたいじゃありませんか」

「そうそう。それに、本当は久々に女義が出るはずだったでしょう。あたし、楽しみにしてたんですがねぇ」

——ありがたい。

「ありがとうございやす。できるだけ早く開けますんで、どうぞまたごひいきに」

「頼むよ、お席亭」

頭を下げて二人を見送っていると、万蔵が隣に立った。

「寄席、流行ってたのか」

「まああ、ってとこだ」

「ふうん」

万蔵は秀八の道具箱に目を落とした。

わっとしたのを、三口くらいでさっと食べたい。

ちゃして粋でなくなるのが、秀八には好みでない。やっぱりおえいの握る、小ぶりでふ

結びの大きさごときでうるさい男だと嫌がられるかもしれないが、食い方がもちゃも

大きながっしりした握り飯。今日もおとよが握ったらしい。秀八はがっかりした。

——まただ。

小坊主がおいていってくれた大きめの急須には、ぬるい番茶がなみなみ入っていた。

「早いが、昼にするか」

「おう、秀さん」

「あれ、佐平次《さへいじ》さん。どこか行くのかい」

「いや、朝たまたま伝さんに会ったら、おまえさん今日ここだって聞いたから」

「おれに、何か用か」

また何か企《たく》んでいるんじゃないだろうな。秀八はちょっと身構えながら聞いた。佐平

次はちらっと万蔵に目をやったが、特に何も言わず、用向きを切り出した。

「用ってほどでもないが。一応、耳に入れておこうと思ってな」

そう言うと、佐平次は声を低めた。

「実は今、うちに弁慶と平目《ひらめ》が来てる」

「なんですって?」

──弁慶師匠と平目師匠が、島崎楼《しまざきろう》に？

「それは、客として、ですかい？」

「まさか、そんなわけはなかろう。今時分、女郎買いなんぞしているのんきな噺家連中があるかよ。働かしてくれとさ」

「働く？」

「寄席が開くまで、雑用でもなんでもするって。弁慶は鬼若もいっしょだ。翠《みどり》姐さんには、清洲亭に出るからって嘘を言ってきたそうだ」

弁慶は今、芝《しば》で母親の女芸人、柑子家《こうじや》翠と暮らしており、鬼若は、前座仕事がない時は、内弟子としてそこに世話になっている。

「え？」

「いくらなんでも女郎屋で働くとは言いにくかったんだろう。今の家を買うときにあちこち金借りちまったから、とにかく遊んでられないって言ってたぜ」

そういうことか。

「役者も芸人も、身軽な者はみんなさっさと江戸を離れていっちまってる。地方で食いつなごうってんだろう。だけど、そうもできない者もいるからな」

まだまだ元気で立派に高座に上がる芸人とはいえ、母親の翠のことを考えれば、弁慶は江戸を離れるわけにいくまい。一方の平目の方は、確かまだ幼い子が三人だか四人だかあるという話だ。やはり江戸は離れにくいが、さりとてじっとしてはいられないのも、至極当然のことだ。

「うちも、他の男衆たちとの兼ね合いがあるから、まあそう気ままに人も増やせないんだが、幸い、人や物の往来は、地震のせいでいっそう多くなってるからな。しばらく預かるよ。ただ」

「ただ？」

「芸人、しかも真打もつとめようって人たちを、妓夫《ぎゆう》や幇間《たいこ》といっしょに働かせるのは、こっちも気疲れする。さっさとおまえさんのところでどうにかしてくれ」

「う、うん」

また何かふっかけられるのだろうか、と秀八は佐平次の言葉の続きを待ったが、さすがにこたびはそんなことはないようで、「じゃ、待ってるからな」と言って向こうへ行ってしまった。

――皆、必死だよな。

噺家なんてつい、高座の上でぱあぱあ言ってるのんきな顔ばかり覚えられてしまうが、あくまでそれが生業だ。今のように芸を披露する場を奪われてはすぐにも青息吐息だろう。

――陸《おか》に上がった平目に、長刀《なぎなた》取られた弁慶か。

ちょいとうまいことが頭に浮かんだ気がして一瞬にやっとしたが、我ながら、こういう時に人の不幸を面白おかしく言うのはどうなんだと、柄にもなく反省するような心持ちになった。ぶるんぶるんと頭を振って打ち消す。

平目には水、弁慶には長刀。自分なら用意してやれる。そう思うと秀八は拳に力が入った。

――名人、か。

万蔵の言葉がちらっと頭をかすめたが、とりあえず、それは向こうへ行っておいてもらうことにしよう。

今は、ともかくご縁のある人たちのために、自分ができることがある。それが何より、一番良いことだ。しかもそれは、自分にとっても良いことなのだから。

道すがら、何を話すでもなく、万蔵は秀八につかず離れず歩いていた。

「なあ、秀八」

そろそろ清洲亭に着くという頃だった。

「あんなで悪いが、おとよのこと、あんまり悪く思わないでやってくれ」

背中から声が聞こえた。

「あいつ、なあ。自分の産んだ子はならず者。引き換え、生さぬ仲のおまえはこうしていっぱしにやってる。やりきれねぇんだろうと思うんだ。おまえのことがかわいくなくなった、息子と思えなくなったとかってわけじゃねえと思うんだが」

言われなくとも、それくらいはなんとなく察しがついている。ただ、おえいにあんなに当たらなくてもいいじゃないか。

秀八は黙ったまま、家の前に立った。

「おえいさん、おれは良い嫁だと思ってる。ただな、実は」

万蔵が何か言いかけたが、それを遮るように、家の中から女の金切り声がした。

「……お女郎の子、お女郎の子って！　子どもはね、親を選んで生まれてくるわけじゃないんですよ」

「そんなこと分かってるわよ。だから自分のお腹を痛めた子と、分け隔てなく育てたんじゃないの」

「それについちゃ、うちの人はじゅうぶんお姑さんのこと、ありがたいと思ってますよ。それを今更、わざわざ声高に言って、恩に着せることはないでしょうって言っているんです」

「恩に着せてやしないだろう。なんでこうなっちまったかって、愚痴の一つもこぼしたっていいじゃないか。こんな品川くんだりまで、お女郎の子のところに、母でございい、祖母でございってついつい来ちまったのは、あたしも馬鹿だったねぇ。そしたらこんなに、誰とも分からない人たちから疎ましそうに見られることも……」

「誰もお姑さんを疎ましいなんて思っちゃいません。それに、うちに出入りしているのは、芸人さんもご近所さんも、みんなちゃんとした人ばかりです」

「芸人なんて、しょせん根無しの生業じゃないか。そんな人たちを相手に、寄席なんて浮《うわ》ついた稼業をしなくたって、秀八は立派に棟梁としてやっていけるのに。なんでこんなところで」

「いい加減にしてください！」

ここまで語気を荒らげるおえいを、今までに見たことも聞いたこともない。いったいどこからこんな言い争いになってしまったのか。男二人はつい、その場に立ち尽くしてしまった。

「こうなったら言わせてもらいます。いったい誰のせいでこうなってると思ってるんですか。お姑さんのことを、本当にほったらかしにしているのは、誰ですか」

――おえい。

「うちに散々嫌がらせした挙げ句、凶状持ちにまでなったのは、いったいどこのどなたの産んだ子ですか。千太っていう入れ墨者は、お姑さんの実の子でしょう！　その義兄《にい》さんのせいで、うちがどれだけたいへんな目に遭って、皆さんにご心配かけたか。どれだけ助けてもらったか」

――おえい。分かった。皆まで言うな。

そろそろと、手を引き戸にかける。

しばし、何の音もしなくなったが、やがて赤子の泣き声と女の泣き声とが、わぁんわぁんと折り重なって響き渡ってきた。

「秀八。今、おえいさんが言ったのは」

隣で万蔵がうめいた。

「ああ、本当のことだ。兄貴がお縄になったきっかけは」

こうなったら仕方ない。

秀八は渋々ながら、千太が借金証文を盾に清洲亭を奪おうとしたことや、おえいのやっている団子屋に嫌がらせをしたことなどを、万蔵にあらかたしゃべって聞かせた。

「そんな」

万蔵は天を仰ぐようにして目をつぶってしまった。

「親父にもお袋にも黙っているつもりだったんだが……しょうがねぇ」

秀八は何もかも観念して、戸を開けた。

「お席亭……」

呂香が困った顔で廊下に立ち尽くしていた。座敷へ入ってみると、おとよがさめざめと涙を流していて、一方のおえいの姿はない。

「おえいさんなら、下座よ。お初っちゃんも」

呂香がささやいた。

「かたじけねぇ」

足音を忍ばせて廊下を伝い、下座の方を覗くと、おえいがお初を抱いたまま、格子窓から客席をにらみつけるような形で、頬から涙をぽろぽろこぼしている。

「ほれほれ、おっ母さんがそんなに泣くと、お初も泣けるよなあ。どれ、お父っつぁんのとこへ来な」

そう言って手を差し伸べると、おえいはぷいと、あさっての方向を向いてしまった。

——おえい。

声のかけようもなくて困っていると、やがて、お初の小さな体が秀八の前に差し出された。

「よしよし、お初。いい子だ」

はじめはおっかなびっくり、儚《はかな》すぎてかわいすぎて、どう抱いていいのか分からなかった赤子だが、近頃は秀八もようやく慣れてきた。

うっく、やあ、とでもいうような声が、小さな口から漏れた。

「お、おい、笑ったよな、今。笑ったんだよな」

——笑ったんだ。間違いない。

「お産婆さんは、これくらいの頃は見ようによっては笑い顔に見えることがあるとは言ってたけど……うん、そうだよね、笑ったんだよね、きっと。だってここ、寄席だもん」

——そう、ここは寄席だ。皆さんに楽しんでもらうところだ。

「ごめんよ、おまえさん。お姑さんにあんなこと言っちまって」

「ああ。……それにしても、ずいぶんはっきり言っちまったなぁ」

「本当、ごめんよ。つい……。あたしのことを、楽してるの怠けてるのと言われているうちはまだなんとか堪忍のしようもあったんだけど……。言うに事欠いて、おまえさんの生みのおっ母さんのことを、だらしのないお女郎だ、自分で育てられないで子どもを置いていくような女だなんて言って」

——そうなのか。

まあ、それはどうやら本当のことらしいから、仕方ないが。

「ね、おまえさん」

「なんだ」

「寄席、早く開けよう」

「なんだ、どうしたんだ。こないだは〝あたしのこと、当てにしないで〟なんて言っていたくせに」

「うん。でもね。おふみさんにも呂香さんにも、ずいぶんよくしてもらってるでしょ。二人が本来の仕事ができるところ、ちゃんと作らないとなぁって」

「おまえがそう言ってくれればありがたい。実はな」

弁慶と平目が島崎楼で男衆として働いていると伝えると、おえいは目をまん丸くした。

「それはたいへん。……でもちょっと」

おえいはうふふと笑いだした。久しぶりのえくぼだ。

「ちょっと、見てみたいね。弁慶さんがお膳運んでるのとか」

「お膳なんぞ、運ぶのかなぁ」

そう言いつつ、六尺豊かな大男の弁慶が背を丸めてお膳を座敷に運ぶのを思い浮かべて、秀八もなんだか可笑《おか》しくなった。

「でも、お義母さんたち、いつまで」

いつまでいる気か。そう言いたいのはよく分かる。

おえいはしまったという顔をした。

「ごめん。言っちゃいけないこと言ったね、今」

「いや、いいんだ、すまん」

秀八の腕の中で、お初がぱっちり目を開けた。まるでこっちをじいっと見ているようだ。

「親父と、話してみるから」

翌朝起きてみると、万蔵とおとよはすっかり帰り支度を整えていた。

「世話になったな。おれだってまだ隠居じゃないからな、そうそう仕事を若い者にばかり任せちゃおけねぇ。おかげさまで手も治ったし、帰ることにしたよ」

「親父……」

横でおとよが神妙な面持ちをしている。

「秀、ちょっと」

万蔵が秀八をはしご段の下へ連れ出した。

「実はな。おえいさんなんだが」

「おえいがどうしたんだ」

「実はな、実は……」

「なんだよ」

「おまえの、その、生みのおっ母さんに、顔立ちがどことなく似ているんだ」

「へ？」

藪から棒過ぎて、口から妙な音が出てしまった。

「笑うとえくぼのできるあたりなんざ、そっくりでな。だから」

「だから？」

「たぶん、そういうことだ。おとよの機嫌がつい悪くなるのは」

——そういうこと？

「知らず知らず、自分の母親に似たとこのある女に惚《ほ》れるってのは、まあ男としちゃさほど珍しくない話だろう。ただおまえの場合は、な。事情が事情だ。だから」

「だから、なんだよ」

「だからその……すべてはおれの、この万蔵の、不徳の致すところってぇことで、堪忍してやってくれ」

——ふとくのいたすところ？

万蔵は秀八の返事も聞かずに座敷へ戻り、おとよに向かって声をかけた。

「ほら。ちゃんとおえいさんに挨拶して。お初の顔も、しっかり拝んでいかねぇか」

「え、えぇ」

おえいがお初を抱いて、おとよの近くに座った。

「お初。お祖母ちゃんのこと、忘れないでね」

おとよがお初の小さな手を、大事そうに両の手で包み込んだ。

「ほら、お祖母ちゃんの手、温かいね。また来てねって」

また来てね。

おえいが真実そう思ってくれているとは、いくらのんきな秀八でも思えない。それでも、うわべだけであっても、そう言ってくれる己の女房に、心からありがたいと秀八は思っていた。

——不徳の致すところか。

おとよが泣きそうな顔で、お初に笑いかけたのが見えた。

六

お初のお宮参りも無事に済み、秀八とおえいはなんとか早く清洲亭を開けようとあれこれ算段をした。

幸い、清洲亭に身を寄せている人はそろそろ四、五人までに減っていたから、その人たちには裏方を手伝ってもらえばいいということになった。

「いきなり昼夜ってわけにはなぁ」

「そうね。まずは夜席から、ね」

普請の方はまだまだ引く手あまたで、「いつ来てくれるのか」と催促の使いをよこす施主もいる。いくら庄助がいてくれるとはいっても、昼席まで開けるのは不安なところもあり、秀八はとりあえず、師走の一日から、夜席だけ始めることにした。

前座　鬼若

手妻　　　夜半亭ヨハン
噺　　　　御伽家平目
女義太夫　竹呂香
音曲《おんぎょく》　　　柑子家翠
噺　　　　御伽家弁慶

「なんだか、豪華になっちゃったね」

「ああ。まさかこんなことになるとはな」

いつものように弁良坊が書いてくれた刷り物を見ながら、おえいは翠がいきなり清洲亭を訪ねてきた時のことを思い出して、含み笑いをしてしまった。

あれは確か、十一月の二十日過ぎの夕刻だった。

弁慶が清洲亭に出ているものと思い込んでやってきたらしい翠は、秀八の顔を見るなり、「寄席、やってないじゃないか。で、うちの鈍付《どんつく》、どこへ失《う》せやがった！」とすごんだのだ。やむなく島崎楼で働いていることを話すと、「そんな余計な嘘なんぞついて。おかしいと思ったんだ。あのあんにゃもんにゃ！」と叫んで、そのまま島崎楼へ乗り込んで行きそうな勢いだったので、おえいは慌てて引き留めた。

「おっ母さんに心配かけたくなかったんでしょうから、いいじゃありませんか」

「それがあんにゃもんにゃだって言うんだ。寄席だろうと女郎屋だろうと、働かせてくれるところがあるのが、ありがたいってもんじゃないのさ。何も隠さなくったっていい、正直に言っていけばいいんだ。ね、おかみさん、違うかい？」

「お気持ちは分かりますけど。ただ、来月の一日から、本当にうち、開けますから。もちろん弁慶師匠に出てもらいます」

おえいがそう取りなすと、翠は目をくるくると躍らせて、華やいだ顔になった。なんだか妙に愛嬌《あいきょう》のあるおばさんで、この人が弁慶の母親なのかと思うと、ついにやにやしてしまった。前に聞いた、さる役者の妾《めかけ》だったという話も、なるほど、さもありなんという風情だ。

「そうかい。じゃ、ね、どうだろ、あたしも出してくれないかね、ね」

すでに呂香の出番は決まっていたので、三味線を使う女が二人はどうだろう、との迷いも秀八にはあったようだが、結局まあ華やかで良かろうということになった。

そうして、実際に開けてみると、思っていた以上にお客が入った。ご府内のひどい様子を知らずに上方から来た人たちなどが、品川にそのまま長逗留《ながとうりゅう》していたり、あるいは、ご府内に家作を持つ旦那衆が、修理が済むまでの仮住まいを品川でしていたりするようで、宿場全体で、品川は人が多く入り込むことになっているようだ。

「……こたびの地震、とりわけ大変だったのは吉原だったそうでございますが。大きな災厄《さいやく》があると、人の本性が見えるなんてぇことも申します。さてここで慌てて逃げ出したとあるお大尽……」

――あ、今日もやってる。

お初を抱きながら、廊下でちょっとだけ、噺を聞く。

平目も弁慶も、島崎楼での男衆暮らしは無駄ではなかったようで、地震のあとに起きた噂話などをあれこれと聞き込み、マクラや噺の随所に盛り込んで、客の歓心をうまく買っていた。

平目が話しているのは、吉原から逃げ出そうとしたあるお金持ちの話だ。慌てて走り出した途端、お歯黒どぶにはまってしまったという。

「……どうやっても自前じゃ這《は》い上がれねぇってんで、懐から財布を取り出しますと、こう頭の上へ差し出しまして〝おうい、ここに十両入ってる。これをやるから誰か引き上げてくれ〟ってやったんだそうです。そしたらどこからか手が伸びてきて、お、助けてくれるのか、と思ったら、財布だけひょいっ。盗《と》られちまった。……人の本性なんてものは、存外そんなものかもしれやせん」

どう考えてもひどい話なのだが、おえいは妙にこの平目の「ひょいっ」が好きで、何度でも聞きたくなってしまう。

「ふえぇ、ふえぇ……」

「ああ、ごめんよお初」

慌てて、夫婦の座敷へと引きこもる。

生まれて三月目。こんな短い間にも、赤子が一度に乳を飲む量というのは増えるのか、乳をやる回数はいくらか減ってきて、はじめの一月《ひとつき》に比べると、おえいが眠くてふらふらになることは少なくなった。ただ、時折、乳でもおしめでもないのにぐずぐずと泣き続けることがあって、こっちまで泣きたいことがある。

「ほうら、鞠《まり》だよ、鞠」

ヨハンのくれた赤い鞠を見せると、小さな目が明らかに動くのが分かる。

――きれいな色とか、もう分かるのかな。

どうにか機嫌が直ったようだ。このまま寝てくれればありがたい、と思いながら、おえいも横になる。

座敷に入ってふすまをピタリと閉めてしまうと、寄席の音はぼんやりとしか聞こえてこない。大太鼓の音だけは別だが、芸人たちが気を遣ってくれて、「しばらく大太鼓は叩かないように」と取り決めてくれた。

うとうとしかけた頃、耳に入ってきたのは、三味線の音。呂香は〈日高川入相花王《ひだかがわいりあいざくら》〉――〈安珍清姫《あんちんきよひめ》〉をやっているようだ。

呂香に翠、おふみと、三味線の弾ける女が三人もいるので、清姫が川へ飛び込む時には下座から音を足したりなんていう工夫も、昼間に稽古して、楽しそうに相談しながらやっている。素養のないおえいには、ちょっとうらやましかったりもする。

「おふみさんも呂香さんも、気をつけておくんなさいよ。うちのお袋、ともかく芸のことになると頑固でやかましいですから。加減ってものを知らねぇんで。あんなに弟子を取るなって言っていたくせに、今じゃあ、鬼若なんて、どっちの弟子か分からねぇくらい、しごかれてんだから」

弁慶が長刀ならぬ横やりを入れてくると、翠は決まって「うるさいね。こちらのお姐さんたちは、おまえみたいなすっとこどっこいとは違うよ」とやり返す。そういう弁慶も、「ならこの噺にはこんなのを」と、自分の噺の中に三味線の音を入れてくれるよう、頼んだりしていて、そんなやりとりを見ているのも楽しかった。

どれくらいうとうとしたか、お初の泣き声で起きると、どうやら太鼓の音がしていて、お客さんを送り出しているようだ。

――お見送り、したいな。

寄席から帰っていくお客さんは、たいてい、いい顔をしている。それを見ながら挨拶するのは、おえいにはとても楽しいひとときだった。

――今は、それどころじゃないし。

眠い目をこすり、おしめを替える。お乳をやってぼんやりして――この繰り返しだ。

産婆には「おえいさんくらいの歳で、こんなに安産で、しかもこんなに手のかからない子は滅多にないよ。良かったね」と言われ、確かにそうだろうと思うけれど、寄席が開いてからの数日、時折おえいは、自分だけ取り残されたような気持ちになって、ちょっと寂しくなってしまうことがある。

――まあ、でも。

すやすやと眠るお初の顔。今は、このたった一つの顔だけで、じゅうぶんだ。

〽おらがかかぁは　づぼらんだぁよ

子守歌には到底向かない唄なのに、すっかり覚えてしまったこの唄を口ずさみつつ、いつしかおえいはまたとろとろとしてしまった。

翌日の朝、清洲亭にはありがたい人のご入来があった。

「朝の忙しい時にすまないね。棟梁が普請場へ行かないうちにと思って」

「ご隠居。昨夜はどうも」

おえいは気づかなかったのだが、大橋のご隠居が昨夜、来てくれていたらしい。

「いや、ずいぶん華やかな顔付けじゃないか。楽しませてもらったよ。ともあれ、おめでとう。心ばかりだが」

お初が生まれた祝いを持って、改めて出向いて来てくれたのだった。

「これはこれは、痛みいりやす」

「地震とともに世に出てくるとは。さぞ強運の持ち主の女の子だ。おかみさん、お手柄お手柄」

強運の持ち主。そう言ってもらえるとうれしい。

口の悪い客の中には、「災厄を連れてきたか」なんて言う心ない人もたまにあって、戯《ざ》れ言《ごと》のうちだと思っていても、許せない気持ちになる。

「いやあ、おふみさん、ご無沙汰しましたね。清吉は息災ですから、どうぞご心配なく」

さぞ気がかりだったろう。おふみの顔が安堵《あんど》で一杯になるのが分かる。

「お店はお忙しそうだと、弁良坊の先生からうかがいやしたが。ご繁盛、何よりで」

「おかげさまでね。ナマズ物がずいぶん売れて」

「ナマズ物、とおっしゃいますと？」

「なんて言えばいいかな。そうそう、地震かわら版とでも言うかな」

「地震かわら版？」

「揺れが大きかったのはどこか。建物が多く壊れたのはどこか。火事がひどかったのはどこか。困りごとは、どこへ行けば相談に乗ってもらえるか。まあそんなことをできるだけまめに集めては、頻繁に刷るんだよ」

「それがなんで、ナマズ物？」

「ほら、地震を起こすのは大ナマズっていうじゃないか。だから挿し絵にはたいていナマズの絵を入れるんだ。大ナマズの周りで、儲《もう》かって喜んでる材木屋だの、大工や左官だのがお祭り騒ぎしてる一方で、役者や女郎は打擲《ちょうちゃく》しようと六尺棒なんぞ振り上げてるなんて、ふざけた絵をね……あ、すまない棟梁、他意はないよ」

「あ、いえ、お気遣いなく」

「しかし、人さまの難儀で己の懐が暖まるというのは、どうにも背筋が薄ら寒いのが拭えない。お救い小屋の篤志は、欠かさないようにしているよ」

そのあたりは、秀八もちょくちょく同じことを言っている。

「皆が知りたがっていることを載せているのだから、売れて当然だと、倅《せがれ》なんぞは堂々としているんだが、私はどうも。売れるからと幾度も刷りを新しくしているとね、これはただの噂話や迷信で何の役にも立たぬなとか、どうかすると、これは人によってはお上への批判と受け取られるのではというような中身も交じってくる。私はもうそろそろやめたらどうかと言っているんだが……」

珍しく、隠居が息子への愚痴めいたことを口にするのを聞き、おえいはこういう大旦那でもご苦労はあるのだなぁとしみじみした気持ちになった。

「まあ、隠居があんまり口を出しても。陰口を言われるだけだと思って、こちらまで出てきたわけですよ」

「ご府内の寄席は、どうなんでしょうか」

「そうですね、日本橋や芝はもう始めているようですよ」

——そうなんだ。

秀八が密《ひそ》かに「地震のあと、江戸近辺で一番先に開けた寄席、ってぇことになったら、いいんだがなあ」と言っていたが、残念ながらそこまで都合良くは行かなかったらしい。

「ごめんください。ごめんくださぁい」

「あれ、どなたかお客さん」

おえいが立っていくと、鳶の若い衆が一人、肩で息をしながら「清洲亭ってのはこちらですか」と案内を請うている。

「はい。どちらさまでしょう」

「あの、ここに大観堂のご隠居は。宿で聞きましたら、ここじゃねぇかと言われまして」

「ああ、それなら先ほどから。どうぞお上がりを」

「いえ、何しろ、こう足元も汚れておりますので。おかみさんで？」

若い衆は自分の足を指さしながら言った。確かに草鞋《わらじ》も脚絆《きやはん》も埃まみれである。

「はい」

「でしたら、すいやせんが、せ組の松《まつ》が、お店からの遣いで来たと伝えておくんなさい」

「では、お待ちくださいい。今こちらへお呼び致します」

座敷へ戻ってみると、隠居はお初に向かって、手で顔を隠しては、「ばあ」っといろんな表情をして見せる、百面相の芸みたいなまねをして機嫌を取ってくれている。

――優しい旦那だ。

「ご隠居さま。あの、せ組の松さんという方が、表に。お店からのお遣いだと」

「松が？　何だろう、こんなところまで」

隠居が立っていくのを見送って、おえいは秀八と顔を見合わせた。

「せ組の松さん、って。ご府内の町火消だよね」

「ああ。なんだろうな」

何か悪い知らせでなければいいが。

そう口にするのも憚《はばか》られて、二人は隠居が座敷に戻ってくるのを待った。

やがて姿を見せた隠居は、おえいがこれまで見たこともないようなきつい縦皺《たてじわ》を眉間に刻み、難しい顔をしていた。

「お席亭、おかみさん、せっかくだから今日も楽しませてもらうつもりでいたんですが、残念ながら、急ぎ、店へ帰らなければならなくなりました」

「あの、何か、お身内にご不幸でも……」

秀八がそう言いかけたので、思わずおえいは袖を引いた。「悪いことは、相手が言い出すまでは、こちらから尋ねるようなことをしてはいけない」とは、昔奉公していた伊《い》勢屋《せや》のお内儀から、繰り返し教えられたことである。

「それが……どうも、倅が番屋へ連れて行かれたというのですよ」

「番屋……」

「他にも、地本《じほん》問屋の主人が何人か引っ張られたようです。ともかく、私は一度帰って、詳しい様子を知ろうと思います」

隠居はそう言うと、清洲亭を後にしていった。

ご無事ででも、お気をつけてでも、ないような。なんて声をかけたらいいのか、思いつかぬままに見送ってしまって、夫婦はため息を吐いた。

「大事じゃないといいがなぁ」

「そうね」

折から吹いていた冷たい風に追われるように家の中に入ると、弁慶が廊下に立っていた。

「お席亭、ちょいといいかい」

「はあ、なんでしょう」

興行が夜席のみなので、芸人たちはぜひ昼間は稽古に使わせてほしいということで、自由に高座を使ってもらっている。

——またなんかしくじったかかな？

柝《き》の音《ね》の間が悪かったとか、幕の引きが早すぎたとか。毎日の寄席、どうしても手抜かりが出る。何もかも完璧に行く日なんて、残念ながらない。一昨夜も、弁慶が噺を終えて高座で頭を下げているのに、なかなか幕が引かれず、「すいやせん、お客さん、お先にどうぞお帰りを」と弁慶自らに言わせてしまうなどというしくじりもあった。

「そのう、なんだ。女衆から聞いたんだが」

いつもならまっすぐに切り込んでくる弁慶なのに、今日は何やら言いにくそうだ。

「おまえさん、だいぶ身上《しんじょう》ややこしいってぇじゃねぇか」

「へ？」

どうやら、おふみと呂香から、何か聞かされたらしい。

「知らねぇこととはいえ、おれ、しょっちゅう〈子別れ〉を、ここで。なんだか、申し訳ねぇ」

「何をおっしゃるんで」

秀八が珍しくぴりっとした声を出した。

「師匠。見くびってもらっちゃ困ります。大工秀八、不肖の席亭ではございますが、噺の中のことと、己の身の上、似てようがどうしようが、そんなことでどうこう言うようなな、了見の小《ち》っちぇ男じゃねえことぐらい、師匠なら」

「おっと。お席亭、こいつはおれが悪かった。もう言わねぇ、もう言わねぇ」

男二人のやりとりに、おえいはちょっとうれしくなった。

「ですから師匠。〈子別れ〉でもなんでも、思う存分、好きにやっておくんなさい」

「分かった。そうさせてもらう」

弁慶がにっと笑って立ち去った。おえいはふと気になったことを秀八に尋ねてみた。

「ねえ。ふしょうの席亭、って何？」

「ああ？　不肖ってのはな、己は不出来でございまして、申し訳ありません、ってのを、丁寧に、でも短く言いたい時に使っていい言葉だ」

「って、先生に聞いたの？」

「あ？　ああ。不肖の息子、とか不肖の弟子、とかっていうと、親や師匠に似ない、未熟者ってな意味になるらしい」

「ふうん」

使い方として本当に正しいのかどうか、おえいにはなんだかよく分からないけれど、秀八が気に入っているなら、まあいいことにしよう。

――ご隠居の倅さんは。

もしかしたら、不肖の息子さん、なんだろうか。

ともあれ、ご隠居がまた、ここへ来てくださるように。

おえいは胸の内で手を合わせ、お天道さまに祈った。

七

師走中席に入っても、幸い夜席の大入りは続いていた。秀八は、下席、暮れの二十八日まで、顔付けを替えないまま続けることに決めた。

「……さて、お客さまにもごひいきの多い当代の人気役者中村仲蔵《なかむらなかぞう》。この仲蔵の、かの地震の起きました、その日のお噂を……」

弁慶はどこで仕入れてきたのか、三代目中村仲蔵の、地震当日の一部始終を噺に仕立てて演じている。その名も〈逃げの仲蔵奮闘記〉という。

「……かろうじて破れ屋根の上に顔を出した仲蔵。さて、見れば右も左も盛んに火の手が上がっております。〝あれ、おれはいったいどっちを向いているんだろう？〟といくらか気を落ち着けて考えておりますと、〝おうい、おうい〟と……」

両国《りようごく》の料理屋、中村屋《なかむらや》で踊りの会に出ていた仲蔵。帰ろうとした矢先に地震に遭い、全壊した中村屋からなんとか抜けだし、船に助けられて火の粉の降り注ぐ隅田川《すみだがわ》を浅草まで逃げる。ようやく家族や弟子と落ち合えたのも束の間《つかのま》、火事を避けて火除地《ひよけち》へと急ぐ。

——途中は、噺ってぇよりは、いささか講釈めくが。

　当代の仲蔵はそれほど大柄の人ではないから、弁慶が演じているとかえって本物より立派に見えてしまうのがはじめはちょっと妙なのだが、噺が進むにつれて、丁寧な語りで「仲蔵の見た江戸の地震」が見えてきて面白い。

　どこまで実説なのかは知らない。ただ、両国から浅草へと町を逃げていく時のどきどきした感じと、その後で語られる人々のなんだか情けなくも身近な感じとが、たぶん客たちが知っている仲蔵の芝居の空気、それに何より、皆が己が身で味わわされた、こたびの地震の苦労をいっしょになぞるようで、客が前のめりになるのが分かる。

「……さて、この火除地に、二十歳くらいの息子とその母親という親子連れがおりまして。〝おっ母さん、やっぱり私は一度戻って、あの葛籠《つづら》を持ってくるよ〟〝およしよ。何よりもおまえの体が大事だ。葛籠の中身とおまえの命は代えられないじゃないか〟このやりとりを聞いて、仲蔵も他の者たちも思わずもらい涙にくれております……」

　まるで芝居の一幕のようだと、凛《りん》とした母親の態度に感心も得心もしていた仲蔵。ところが、しばらく火の勢いを見ていたこの母親が、こっそりと息子に「やっぱり、今のうちにちょっと行っておいで」と囁《ささや》くのを聞いて、心底からがっかりしてしまう。

「……〝おお、やっぱり飛んできたかい、しょせん人の子だなぁ〟〝いいや、その前に火の粉が飛んできた〟」

　――人の子と火の粉か。

噺の中身は面白いが、落ちはまあまあってとこかな。

こんなふうについ偉そうに思ってしまうことは、もちろん弁慶には内緒である。

「おえい、どうだ？」

お初が機嫌良く眠っている合間を縫って、おえいが銭の出入りを調べてくれていた。

「うん、まあまあ、かな。大工の方から回さなくても、なんとかなりそう」

「そうか、そりゃあ良かった」

清洲亭の看板を掲げて二年余、二月《ふたつき》も開けられなかったのはこれまでにないことだ。利が出るまでは行かずとも、なんとか芸人たちがそれぞれ、歳が越せるような勘定になれば。

「お弓ちゃんが今日挨拶に来てくれて。浅田屋《あさだや》さんに奉公することになったんだって」

「へえ。浅田屋に」

浅田屋は質屋だが、主人の宗助《そうすけ》が質屋とは別に、青竜軒《せいりゆうけん》という講釈ばかりの席を営んでもいて、秀八とは何かとかかわりのある店だ。

「お団子屋はしばらくできそうにないから、仕方ないわねぇ。なんだか、あたしの居場所なくなっちゃう気がする」

おえいがちょっと寂しそうな顔をした。

「何言ってんだ。そのうちなんとかなるさ。ほらほら、おっ母さんがおかしなこと言うから、お初が。……あ、おい、おしめだ」

「あいよ」

幼い頃から子守奉公に出ていたというおえいは、おしめを替えたり子をあやしたりはお手の物だ。それを見ていて、いつだったか秀八が「女ってのはつくづくえらいもんだ」と言ったら、褒めたはずなのに俄然《がぜん》、機嫌が悪くなったことがあった。

「あのね。女なら誰でもできるってもんじゃないんだよ、こういうことは。誰かに教わったり、失敗しながら自分で何度もやったり。そうして苦労して身についていくの。芸人さんの芸や、おまえさんの大工の腕だってそうだろう？　侮っちゃいけないの」

ぐうの音も出ない言われようで、以来秀八はうっかり「女ってのは」とは言わないようにしていた。

「ところでおまえさん。ちょっと聞いてもいいかい？」

「なんだ？」

「うん。その、ね」

「なんだよ。さっさと言え」

「おまえさん、生みのおっ母さんについては、本当に何にも聞かされてないのかい」

そのことか。

「ああ。こないだあのおっ母さんが言っていたことで全部だ」

吉原の切見世の女郎の、紅梅。

秀八を産んで、万蔵のところに置いて、出て行った。ひどい女だ。

……おまえの、その、生みのおっ母さんに、顔立ちがどことなく似ているんだ。

ちぇっ、とんでもねえ。

「おれの生みの母親が、どうしたってんだ」

「ううん。ただね、どうして子どもを置いていったのかなって。ひどい人だったのかもしれないけど、なんか、よほどの事情があったのかもしれないなって」

「事情？」

「だって、お腹を痛めて産んだ子だよ。置いていくなんて」

「そんなこと、今おれに言われても知らねぇよ」

「そうだね、ごめんね」


その晩、布団に横になった秀八は、ついあれこれ頭の中で考えていた。

――生みのおっ母さん。

もちろん、どんな人なのか、知りたいと思ったことは幾度となくある。

ただ、今のようにおとよと折り合いが悪くなる前、つまり、秀八がおえいと所帯を持つ前までは、そんな自分を捨てていった女のことを知りたいなどと思うのは、育ての母であるおとよに対する不孝以外の何ものでもないと思う気持ちが強かった。

産んだ子を置いていくなんぞ、ろくな女じゃあるまい。消息が知れて、万一会えたところで、きっといやな思いをするだけだ。そう思っていた。

いや、今だってそう思っている。のでは、あるけれど。

「うっく、ゆぁー」

脇でお初の声がした。泣くのかな、と思って身構えていたが、そのまま、またすやすやと眠ってしまったようだ。

——おえいに、似ている？

おとよの不機嫌の理由はそこだと、万蔵は思っているのだろう。さすがにそれはおえいには言いかねて、今のところ隠している。

丸い頬にえくぼのできる女なんていくらもいるだろう。同じようにえくぼができて愛嬌のある顔立ちだからって、同じように気立てまで優しいとは限らない。

ただ、そんな見た目と、子を産み捨てていったといういきさつが、どうにも一人の女としてぴったり来なくて、万蔵からあんなことを聞かされて以来、秀八はついつい、いったいどんな人だったのか、今どうしているのかと考え込んでしまうのだった。

「おまえさん、起きてるのかい？」

「ん？　ああ、いや、ちょいと寝付かれなくて。おまえこそ、寝てなかったのか」

「ううん。寝てたんだけど、なんとなく、そろそろ、お初がお乳の欲しい頃かなって。そんな気がして勝手に目が覚めることがちょいちょいあるんだよ」

「へぇ」

ひそひそとそう話していると、本当にお初が「なー、ねー」とでも聞こえるような声で泣き声を上げた。

——女ってのは。

お初が乳を吸う気配を感じながら、秀八は少しずつ、眠りに落ちていった。


二十八日、清洲亭ではその年の千秋楽を前に、朝から餅つきが行われた。餅米は、大橋の隠居が手配して届けてくれたものだ。番屋へ引かれていった息子が、なんとか無事に出てこられたので、心配させた分、内祝いにしてほしいとのことだった。

温かな蒸気があがる中、秀八、伝助、留吉ら大工が、次々と良い音をさせて餅をつきあげていく。しばらくすると当の隠居も駆けつけてくれて、時折弁良坊と何か話しながら、その様子を楽しそうに見ている。

「こう申してはなんですが、板木《はんぎ》の召し上げだけで済んで、ようございましたね」

「ええ。悪くすれば叩きや手鎖《てぐさり》の沙汰も、と頭をよぎったのですが、仲間を挙げての陳情が、功を奏したようです。お上も、そのあたりはさじ加減があったと見えます……」

つきあがった餅は、集まった女たちが次々に伸《の》したり、鏡餅用に丸めたりと忙しい。

ご近所やご常連の顔も大勢そろって、あっという間に祭りのような賑わいとなった。

「今年は大変だったね」

「まさかあんな地震が来るとは」

「長屋、年明けには建つそうだね」

「いや、ありがたいよ。いつまでも仮住まいは、落ち着かないから」

挨拶したりされたり、人にもまれるようにしていると、その人波をかき分けるように、顔なじみの鍛冶《かじ》職の弟子が顔を出した。

「棟梁、これ、届けに来ました」

小さいが、ずっしりと重い箱が手渡された。

「なんだい？　おれ、何か道具頼んでいたっけ？」

「神田の棟梁からのお頼みで。秀さんに届けてくれって。お代は済んでます」

――神田の棟梁。親父のことか。

開けてみたかったが、すぐに「お席亭、こっちこっち」と常連客たちから声がかかるので、秀八はとりあえず、箱を座敷に置いてきた。

餅の振る舞いが一段落付き、そろそろ夜席の支度をという頃になって、秀八は改めて座敷で箱を手に取った。

「それ、何？　さっきから気になっていたんだけど」

先に座敷に戻っていたおえいが、興味深そうに箱を見ている。

「うん、なんか、親父かららしいんだ」

開けてみると、油紙でびっしり包んである。

――玄翁。

槌目《つちめ》入りの上等だ。職人がしっかり鍛えて丁寧に作ったものであることは、一目で分かった。柄を合わせるのがぞくぞくするほど楽しみな一品である。

子は鎹？　ああ、だから玄翁でぶつって言ったんだ――〈子別れ〉の落ちが、頭の中で聞こえた。

――親父は、〈子別れ〉なんぞ知らねぇだろうけど。

常吉親方と違い、万蔵といっしょに寄席に行った覚えは一度もない。

よく見ると、油紙の内側に、半紙が一枚、折りたたまれて入っていた。

――手紙？

万蔵は秀八と同じで、読み書きはひらがな程度である。

……せわになった　おえいさんをだいじにしろ　万
「なんて書いてあるの？」

「ん？　あ、いや」

「いいじゃない、見せてよ」

「だめだ。男同士、大工同士の約束だから」

「ふうん」

おえいは不服そうだったが、それ以上言いつのっては来なかった。

客を入れる合図の鳴り物が響き始める。

「さ、やるか」

「うん」

――親父。分かってくれ。大工も寄席も、おれには大事なんだ。

もちろん、おえいが一番大事なのは、言うまでもない。

「ゆぁー。きゃっきゃ……」

そうだ。大事なもの、増えてたな。

あと三つ寝ると、清洲亭は三度目の正月を迎える。

第二話

出会いの二本松

一

安政《あんせい》三年二月十日。

秀八は川分へ向かっていた。

――末広《すえひろ》のお席亭が、おれにいったい何の用だろう。

末広は日本橋に古くからある寄席だ。客席の広さだけならば、両国にある御禊亭《みそぎてい》の方が勝るものの、芸人も客も、「末広に常時出られるのが一流」と思っているところがある。

秀八にとっては、常吉親方のもとでの修業時代に、時折ご褒美のように連れてきてもらって以来の憧れの場所だ。ただ一方で、清洲亭を開いたばかりの頃は、末広に出ている芸人に話を聞いてもらおうとして、胡散臭《うさんくさ》そうににらまれるだけで相手にされない、なんてことも一度ならずあって、いくらか苦い思いをした場所でもある。

その末広の席亭が、昨夜から島崎楼に来ており、「清洲亭の席亭と話がしたい」と言っていると、佐平次から遣いが来たのだ。

もちろん、知らない仲ではない。ただ、芝の浜本《はまもと》の席亭ほどの親しい付き合いはないので、秀八はいささか戸惑っていた。こっちから日本橋へ行って何か教えてもらうならともかく、向こうから話があるだなんて。

「いらっしゃいませ。あ、棟梁、どうぞどうぞ」

川分へ着くと、顔見知りの小女《こおんな》が案内してくれた。

佐平次に呼びつけられるのは、島崎楼の時と川分の時とがあるが、今は正直、川分に呼ばれた方がほっとする。

もちろん島崎楼に顔を出したからって、女郎買いをするつもりはないけれど、そこはやはり男のならい、女郎たちの匂いや彩りに、つい鼻のあたりがむずむず、浮かれた気分になることもある。

以前はそれはそれで密かな楽しみでもあったが、おえいがお初を身ごもった頃から、そうして浮かれてしまう自分の心持ちに、なんとなし後ろめたさが混じるようになった。万蔵とおとよと自分の因縁に、こりごりしているせいもあるかもしれない。

「旦那さま。棟梁おいでになりました」

「おお。入ってくれ」

促されて中へ入ると、鰹縞《かつおじま》の木綿に黒い羽織をさらっとひっかけた男が、佐平次の向こうに座っていた。

「清洲亭の。お呼び立てしてすまないね」

「いえ」

席亭の後ろには、例の庄助の根付けたちがきれいに下がっている。いつ見ても良い景色だ。

さてこのところ景気は、などとお決まりのやりとりがちょっとあって後、席亭は「ところで」と本題を切り出した。

「清洲亭さんでは近頃、天狗師匠とは」

「天狗師匠ですか？　お手紙を時々いただきやすが」

「手紙だけですか。直接お会いになったことは」

「はあ」

実はそれは、秀八もずっと気になっていたことではある。

何度か手紙を書いて――といってても、弁良坊に書いてもらうのだが――「一度お見舞いに上がりたい」と伝えても、その都度「今は遠慮してほしい」と断られてしまっていた。もしかしてよほど体調が悪いのだろうかと心配で仕方がなかった。

「じゃあ、根岸《ねぎし》へはいらしてないのですね」

「はあ」

根岸に隠居所があるとは聞いているが。

「そうですか。実はですね。ちょっと今、やっかいなことになっているんです」

「やっかいなこと？」

「牛鬼《ぎゅうき》さんがね。自分の弟子に木霊の名をつけたいって言っていまして」

――木霊を。

九尾亭牛鬼は、今の天狗からすれば弟弟子だ。初代天狗の最後の弟子でもある。

「まあ、今実際あの名は空いてますからね。つけたっていいんですが」

――それは困る。

秀八にとって、木霊は今でもあいつの名だ。確かに今は、僧侶見習いの木念かもしれないが、木霊を名乗るのは、あの男しか考えられない。

「まあ、木霊そのものは、前座や二つ目が名乗る名です。ですが」

席亭は、言わなくとも分かるだろうと言いたげに秀八の顔を見た。

噺家《はなしか》は入門してしばらくすると師匠から名をもらって前座として修業をする。それから二つ目、真打と上がっていくのだが、その昇進を機に、名前を変えることが多い。はじめにもらう名は軽くて親しみやすいもの、真打になったら風格のあるもの、というのがまあ「かくありたい」ところだろう。

だから、どんな名でも師匠からもらえば大事には違いないが、客の方でも聞いたらなんとなく分かる、「ああこれは前座や二つ目くらいの格だな」、という名と、「いかにも真打らしい」名というのが、どの一門にもいくつか伝わっていたりする。

ただ、前座や二つ目の名の中にも、ちょっと特別な意味を持つものがある。木霊はまさにそれだった。

「牛鬼さんは、空いているんだからいいだろうというのですが、一門の他の噺家さんたちが怒ってましてね。それは許さないと」

それはそうだろう。

前座や二つ目の頃に木霊とつけられていた者は、だいたいその後、由緒のある名を名乗ることになっている。

「初代天狗、二代天狗、それから、今の狐火《きつねび》。その次があの木霊ですからね。ちょっと扱いが難しい」

初代天狗は当代の父、二代は兄。狐火は二代目の一番弟子。「ゆくゆくは一門の柱に」と望まれた者が、まず名乗ってきたということになる。

「あの、なんで牛鬼さんは自分の弟子に木霊を」

「そこなんですよ。一応、表向きは、〝前座の名と言っても一門にとって木霊は大切な名。それをいつまでも、破門になった者の名としてほったらかしておいてはもったいない。三代目が引退した今となっては、初代天狗の弟子は自分だけだから、自分のところの弟子に木霊をつけて、きちんと育てたい〟って、そう言ってますがね。あくまで、表向きは」

　席亭は「表向き」を二度も繰り返した。

「裏があるってぇことでしょうか」

　秀八には何のことやら分からない。ただ、木霊の名を他の者に持って行かれるのだけは我慢ならない。

「いろんなことを言う人がいますが。手前が見たところでは、牛鬼さんは自分が四代目になりたいんでしょう」

「四代目？」

　四代目の天狗……か。でもそれとこれと、どうかかわりがあるんだ。

「そりゃあいったいどういう了見なんで」

「つまりですね」

　席亭は軽く咳払《せきばら》いをした。

「四代目天狗になりたいが、さすがにそれを自分からは言いだしにくい。なので、まずは〝自分の弟子に木霊を〟と言って、周りの反応を見ようということなんじゃないかと。九尾亭一門やごひいき筋で、どれくらい自分に味方してくれる者がいるか、見定めようって魂胆でしょう」

「ほう……」

まどろっこしい。講釈に出てくる軍師の坊主みたいだ。

「で、どうなんですか、他の師匠方は」

「ええ。ま、旗色は悪いですよ。何しろ、人気なら狐火さんの方が上ですし、まして狐火さんは、自分が木霊を名乗っていた人ですからね」

牛鬼と狐火。初代天狗の最後の弟子と、二代天狗の一番弟子。

「ご本人は何も言ってないようですが、周りが、ね。なんで牛鬼なんだ、それなら狐火のところで、誰かに木霊を名乗らせればいいだろうって」

そうなるのか。

「で、いろんな人が、〝三代目はどう考えていなさるんだ〟となったわけです。引退なさったとはいえ、三代目がご意見をはっきりしてくだされば、さすがにそれに皆が従うでしょう。ところが、誰が何度根岸へお訪ねしても、お目にかかれない。お世話しているという礫《つぶて》さんが出てきて〝師匠はどなたにも会いたくないと言ってます〟と言うばかりで。どこへ行ったものか、おかみさんもいらっしゃらない様子だというし」

二つ目の礫なら秀八も知っている。三代目の最後の弟子だ。天狗が清洲亭に出てくれた時、何もかも面倒を見てくれた、気働きの利く、いい若い衆である。

「で、どこからともなく、三代目は亡くなったんじゃないかって噂が流れだしましてね。何か理由があって礫が隠しているんじゃないかって」

そんな。主《あるじ》の死を隠すなんて、やっぱり講釈みたいで、変じゃないか。何より、天狗師匠がお亡くなりになったなんて、冗談じゃない。そんなこと、あるわけがない。

「中には礫のことを〝何か企《たくら》んでいるのか、どういうつもりだ〟などと責める者もあるんですよ。気の毒でしてね」

こつっと席亭の煙管《きせる》が音を立てた。渋い銀色は四分一だろう、良い延煙管《のべ》だ。

「で、何しろ、清洲亭さんは三代目が最後の高座をなさったお席だ。何かご存じなんじゃないかと思いましてね」

——そう言われても。

「あてにしてくだすったのに、こう言うのは申し訳ねぇんですが、手前が知っているのは、破門になった木霊さんのことぐれぇなんですよ」

「木霊、ですか」

「ええ。今は海藏寺《かいぞうじ》っていう、ここからそう遠くない寺にいます。坊主の見習いってことで、木念って名になってますが」

「仏門に……。破門からずっとですか」

「ええ。真面目にやってますよ」

「へぇえ、あれが。よく続くもんだ。じゃあ、すっかり坊さんになる気なんですね」

「いや、それは、ちょっと待ってもらえやせんか」

「違うんですか」

「本人に確かめたわけじゃありませんが、手前の見立てでは、噺、やりてぇんだと思います。実は折を見て、なんとか戻れるようにしてやりてぇと、ずっと考えておりやして」

　席亭はほうと相づちを打って、もう一度煙管の音をさせた。

「ふうむ。まあしかし、いずれにしても、三代目のお気持ち次第ですが……。その三代目からの手紙ってのは、近頃も清洲亭さんとこへ来てるんですね？」

「はい。十日ばかり前にもいただいて」

「そうですか。どなたがお持ちに？　飛脚じゃないんでしょう？」

「ええ。だいたいは、うちが何かと世話になってる、手習いの先生が。たまに、大観堂のご隠居がお持ちくださることもありますが」

「大橋さまですか……」

　招き猫、万寿菊《まんじゆぎく》、親子の猿、鶴亀……。

　考え込む席亭の後ろで、根付けが揺れている。秀八は天狗の演じた「正直《まさなお》のカエル」を思い出した。

「どうでしょう、清洲亭さん。一度、今お話ししたようないきさつをその先生にお伝えいただけませんか。ともかく、今はどうしても三代目さんのお考えが聞きたい。でないと」

――でないと？

「下手をすれば、九尾亭一門が割れてしまいます。それはもったいない。そうでなくても、今御伽家の方が次々に有望な人が育ってますからね。噺は一人でできる芸ではありますが……でも、高座に上がるというのは、実は噺家一人でできることではありませんから」

……一人でできることではない。

そういえば、三代目もあのとき、似たようなことを言っていなかったか。木霊を破門した、あのとき。

懸命に思いだそうとしたが、出てこない。

――ちぇっ、なんで出てこない。

あんなに、泣けに泣けた台詞《せりふ》だったのに。

秀八は己で己の物覚えの悪さに舌打ちする思いだった。

「芸で身を立てる者、腹の中はまあいろいろあるでしょう。同じ一門だって所詮は出番を奪い合う間柄、別に仲良くしろなんていうつもりはないんですが、せめて互いに利にならないことは我慢するくらいの分別を持ってもらわないと、手前どもみたいな生業の者が干上がってしまう。清洲亭さん、そうじゃありませんか」

ご説、ごもっともである。

「じゃあ、お願いしますよ。手前も、大橋さまに聞いてみますから」

「分かりました」

そのまま日本橋へ帰るという席亭を佐平次と二人で見送ると、それまで黙っていた佐平次が、「ちょっと」と声を低めた。

「あのな。いろいろあるとこへ、すまねぇんだが」

「なんですか佐平次さん。まだ何か」

「どうもここんとこ、鷺太夫《さぎたゆう》の様子がおかしいんだ」

「鷺太夫？」

亀松《かめまつ》鷺太夫。新内語りの芸人だ。

本来は亀松燕治《えんじ》という三味線弾きと二人組で、清洲亭にはごく最初の頃からよく出てもらっている。ただ、相方《あいかた》の燕治が「どうしても一度親の顔を見たい」と言い出して旅立ってしまったために、しばらくは一人で、唄や三味線を女郎たちに教える、稽古師匠として暮らすことになったのだった。

「ああ。なんだか上の空でな。うちの女たちに教える時も、時々ため息なんぞ吐いてやがって、ちっとも身が入ってねぇ。何か気がかりなことがあるなら聞いてやるって言ったんだが、〝別に何にもにゃあ〟とか言いやがって」

佐平次が鷺太夫の尾張訛《おわりなま》りをまねして、苦笑した。

「まさか恋煩いってこともねぇだろうが、とりあえず、おまえさんになら話すんじゃねぇかと。一度聞いてやってくれ」


それから川分を後にした秀八は、鷺太夫の住む長屋へと行ってみた。

「おうい。鷺さん、いるかい」

「あれ、なぁにぃ。お席亭がこんなとこへみえるって、めずらしいねぇ」

中にいた鷺太夫はすぐに秀八を招き入れてくれたが、確かになんとなく、いつもの覇気がない。部屋の中も、片付けや掃除を何日もしていない気配があった。

――鷺さんが気に病むとすれば。

「鷺さん。燕治さんから、何か便りはあったかい？」

去年の正月に故郷の尾張に旅立っていた燕治は、まだ帰ってきていなかった。

「ふん。あんなもん、帰ってこんでもええわ」

顔が険しくなった。もともと狒々《ひひ》のような顔が、いっそう狒々らしく、真っ赤になった。

「おいおい、穏やかじゃねぇなあ。でも、それじゃあおれのところが困るじゃないか。あの新内はもう出ないのか、って言ってくる客はけっこういるんだぜ」

「まあええ。わし、もう稽古師匠だけで食ってくで。どうせあんなもん、帰ってこーせんわ」

「まあそう言わずに」

「年内には帰ってくるって約束だったに。年内どころかもう二月だがや。どうせ名古屋が居心地ようて、出てくるのいやになったに決まっとる」

そう言いながら、狒々の目ににじわっと滲《にじ》むものがある。

——困ったな。

「鷺さん。きっと燕治さん、来るよ。おれは信じてる。だから、短気を起こすなよ」

燕治が帰ってきたのは、それから七日後のことだった。

「大磯《おおいそ》の宿で路銀を盗られてまって……。宿の亭主がええ人だったもんで、女郎衆に三味線教えたりして、なんとか稼がしてまって」

苦労話を笑いながら語る燕治に、鷺太夫はねぎらいの言葉をかけるでもなく、ぶすっとした顔で「さっさと稽古できるように支度《まわし》せんか」とだけ、投げつけた。

その様子を見て、周りはちょっとヒヤッとしていたようだが、秀八とおえいは、鷺太夫の目ににじわっと滲むものがあるのを、見逃さなかった。

——よし、これでまた新内を出せる。

二

今日から三月。顔付けが替わる。

おふみはやはり早めに下座に入って、刷り物で芸人の顔ぶれを確かめながら、三味線の稽古をしていたが、ふと手を止めると、客席の後ろに飾ってあるひな人形を格子越しに眺めた。

——さすが、棟梁のすることよね。

きれいに鉋《かんな》のかかった白木の段に、緋毛氈《ひもうせん》が映える。

腰高から順に三段並ぶ人形は、小ぶりだが色華やかで、春爛漫《らんまん》というのはまさにこういうのを言うのだろう、そこだけいつでも光が当たっているように見える。

この人形が届いたのは、先月の二十日も数日過ぎた日のことだった。

お職人風の若い衆が二人、清洲亭を訪ねてきた。寄席の木戸を開ける刻限にはだいぶ間があって、おふみはその日も今と同じように、下座で三味線を稽古していた。

「……っぴらごめんねい。棟梁」

「ごめんねい。若棟梁、お届けもんです」

「あれ、源《げん》さんに由《よし》さんじゃないか。なんだいいったい」

素っ頓狂な声に呼ばれて表へ出て行った秀八が、若い衆といっしょに箱を二つ、中へ運び入れた。

「なぁに、これ。……もしかして」

おえいが首をかしげた。

「人形……らしい」

「まぁ」

やってきたのは、神田にいる、秀八の父万蔵のところの若い大工のようだった。どうやら、秀八の両親は孫のためにひな人形を買い、わざわざ届けさせたらしい。

初節句、そろそろ人形を買わなくちゃな、と秀八とおえいが話しているところだったから、ぴったりの贈り物、ではあるけれど、夫婦がどうするのか、おふみはいくらかどきどきする思いで見守っていた。

去年の十月、地震の後に、万蔵とおとよは品川へやって来て、しばらく逗留していった。嫁姑の仲は、傍目にどう見ても良いとは思えず、一方男二人はそれをどうにもできず、ただただおろおろしているようにしか見えなかった。どうやら棟梁とおとよとは血のつながりのない、継《まま》しい間柄だそうで、そこからあれこれともつれた挙げ句、姑のおとよが嫁のおえいに辛く当たるらしい。

おふみはそうした事情をそれほど詳しく聞いているわけではないが、もつれた糸はなかなか解ける兆しを見せぬまま、万蔵とおとよは帰って行ってしまった。

だから、届いた人形を秀八が「こんなものいらねぇ」と突き返したりしたら、あるいはおえいが「受け取れません」って突っぱねたりしたらどうしよう、とつい、いらぬ気を回してしまったのだ。

「困ったもんだ。とうにこっちが買ってたら、どうするつもりだったんだ。それにこういうものは好みだってあるってのに、何にも聞かねぇで押しつけてきやがって、まったく」

秀八がぶつぶつ言っていると、箱を覗いていたおえいが明るい声を張り上げた。

「すごい、段飾り！　自分の家にこんなのがあるなんて、夢みたい。いいじゃない、いただこうよ。きっと、あたしとおまえさんとで選んだら、こんな立派なものは買わないもの。ねえ、良かったねぇお初」

おえいは背中のお初にそう言いながら、秀八にさっと何か手渡した。

「ほら。持ってきてくれた若い衆に、ご祝儀。おまえさんが渡さなきゃ」

「あ、ああ、そうだな」

秀八が慌てて表へ出て行くのを、おふみは安堵の思いで見送った。

翌日になると、秀八が急ぎ段を拵えた。おえいが人形を飾るのを、呂香とおふみは手伝った。

「きれいね」

「そうね」

段飾りのひな人形。

これを見ると、おふみはどうしても、昔のこと——子どもの頃、おえいに無実の罪を着せてしまった——を思い出さずにはいられないのだけれど、おえいの方がまるっきり昔のことなどなかったかのようにいてくれるので、それに甘えて黙っていることにしている。

下座の三味線弾きになったのがおととしの冬。幼い昔に、辛い目に遭わせてしまった人のところで、思いがけず、今こうして世話になっているのは、本当に不思議な縁だ。

——清吉、元気でやっているかしら。

何を見てもつい、思い出してしまう、いや、いつだって胸の内にいて離れない、息子の面影。

会いたい。夜など、時々、そう思って涙が出てしまう。子を奉公に出す親ならたいてい通る道、何より、成長を楽しみに待てる道だ。それに、弁良坊がちょくちょく様子を教えてくれる上、雇い主である店の隠居は、清洲亭のご常連だから、こんなに安心でありがたいことはないのだが、やはり親の情というものはどうしようもない。

——あら？

飾り段の脇を、白いものが動いた。

「五郎太《ごろうた》」

おふみが呼びかけると、白猫はゆうゆうと歩いてどこかへ去った。

地震の後、いったん姿を見失った五郎太だが、数日後には何事もなかったように戻ってきた。近頃は、いつの間にか清洲亭に来ていることが多くなっている。

「おえいさん、ごめんなさい、またうちの猫、来ているみたいなの」

おふみは下座を離れ、座敷へ顔を出した。

「ごめんなさいね」

「あら、いいのよ。あたしも猫は嫌いじゃないし。それに、ほら」

「あら」

五郎太がお初に寄り添うように寝そべっていた。

「なんだか、子守をしてくれているみたいでしょ」

――猫が子守？

「清ちゃんの猫だものね。きっとお初のこと、妹みたいに思って、守ってくれてるんじゃないかしら」

そんなふうに言ってもらえるとありがたい。

おふみはほっとしてまた、下座へ戻った。

前座　九尾亭またたび
太神楽《だいかぐら》　円屋万之助《つぶらやまんのすけ》　万太郎《まんたろう》
昼　女義太夫　竹呂香
夜　新内　亀松鷺太夫　燕治
　　噺　九尾亭猫又《ねこまた》

　真打の猫又は何度か顔を合わせている。気難しい人というわけでもなさそうなのだが、高座を下りると口数が少なく、他の芸人と世間話をするようなこともないので、おふみにはもう一つ、まだどんな人なのか分かりにくいところがある。

　新内の二人は久しぶりだ。三味線の燕治が先月、ようやく尾張から戻ってきた。一年も行きっきりになっていたので、周りでは鷺太夫の機嫌を心配していたのだが、今のところはもめずに落ち着いている。以前のような楽屋《や》住まいを止めて、それぞれが長屋を借りることにしたのも、良かったのだろう。

「おふみさん、もう稽古？」

　呂香がはしご段を下りてきた。この三月は、昼は女義太夫、夜は新内と、語りものが膝――真打の前に出る、噺家以外の芸人のことを膝と言うのだそうだ――の出番を分け合うことになった。

「鷺太夫さんや燕治さんは、宿場のお女郎衆に教えたりもしているのよね？」

「そうよ。場合によってはお座敷に出ることもあるみたいだけど」

「そうか……それなら、長屋を借りてもやっていけるわよね。あたしもなんとかならないかなぁ」

一人でずっと張り付いている下座のおふみと違い、芸人はいつも出られるわけではない。また清洲亭の場合、真打をつとめられるのは噺家だけだ。だから他の芸人が、寄席の上がりだけで、一人で長屋を借りてやりくりするのはかなり難しいらしい。

「ヨハンさんもやっと楽屋住まいを止めにしたみたいだけど」

今年になって楽屋を引き払った手妻使いは今、北品川に住んでいると聞く。

「ああ、あの子は今引く手あまただもの。芝の浜本も、日本橋の末広も〝もうこっちへ来て住まないか、出番はいくらでもやる〟って。あ、お席亭にはないしょよ。ただ、ヨハンは自分は棟梁に拾ってもらった恩がある、あくまで根城は品川でやります、って断ったみたいだけど」

そうなのか。秀八に聞かせたいような、聞かせたくないような話だ。

「うらやましいわ、相変わらず女義はそんなお江戸の真ん中の寄席へは出られないから。土場《どば》のいっぱいあった浅草とか深川とかは、地震でひどいことになっちゃったみたいだし」

「呂香さんだったら、品川でもいっぱいお座敷かかるんじゃないの？　島崎楼のご亭主あたりに頼めば」

「ううん。そこはなかなか難しいんじゃない？　お女郎衆との兼ね合いが」

なるほど、それはそのとおりだ。

花魁《おいらん》と芸者との境目がはっきりしている吉原などと違い、品川のように表向きは「飯盛女」とされている女郎は、女芸人との区別がつきにくいところがある。ずっと中にいる者からすれば一目瞭然なのだが、客に旅人が多いこともあって、振る舞いには注意が必要だった。おふみにも覚えがある。

うっかり目立って客から人気が出たりすると、女郎衆から驚くほど陰湿な嫌がらせを受けて、仕事がなくなることもある。また、そのあたりをちゃんと分かってくれない田舎客から、しつこくつきまとわれるなんてことも起きる。

「お店の旦那衆とかで習いたいって人が何人かあってくれるといいんだけどな。浅草ではよく役者のお内儀とかが習ったりしてくれてたんだけど、芝居町はまだだめそうだし」

地震のあと、役者たちは出られる場所を求めて、皆江戸を離れていったと聞いている。劇場《こや》の新普請も、そう簡単ではないらしい。

「そうねぇ。あ、でも、そろそろ市村座《いちむらざ》は開くって、こないだお客さんから聞いたわよ」

「あらそうなの。ふうん……。まあでもなんか、品川も居心地よくなってきちゃったし。どうしようかな」

「じゃあいいじゃない、しばらくいれば、ここに」

「そうなんだけどね」

そういうと呂香は小さくふっとため息を吐いた。

「ここのお席亭とおかみ見ていると、なんかちょっとね。妬《や》けるのよ。やんなっちゃう」

「妬ける?」

「そ。ああなんか仲よさそうでいいなぁ、こんな夫婦いるんだなぁって」

ああ、なるほど。それは、分からなくもない。

「こないだお席亭の親御さんたち来てずいぶんもめてたけど、それでも全然夫婦は平気なんだものね。うらやましいなあ、いいなあって——で、自分のこと考えると、ちょっと寂しい。あ、ごめん、よけいなこと言っちゃったね」

呂香は自分の太棹《ふとざお》を壁から取ると、軽い足取りでその場を離れていった。

せっかくひな人形が見守る顔付けなのだが、一日、二日はあまり客足が伸びなかった。

「天気が良すぎるのかなぁ」

秀八と庄助がぼそぼそ言っているのが聞こえてきた。

「みんな潮干狩りですかね」

「御殿山《ごてんやま》の花見もそろそろだしな」

春の品川は物見遊山に絶好の場所が多い。

三日、桃の節句の日、この日はおえいの発案で、客に白酒《しろざけ》を振る舞ったりもしてみたが、やはり客の入りは良くなかった。

「なんだか申し訳ねぇな」

こういう時は、席亭と真打の噺家との間に、なんともいえぬぎくしゃくしたものが流れてしまうことがある。

噺家からすれば「客を集められない席なのか」と思うし、席亭からすれば「この真打人気がないのか」だ。もちろん口に出しては言わないが。機嫌の悪くなってしまう芸人も少なくない。

「さて、それでは……」

猫又は楽屋や袖で特に何を話すわけでもなく、いったいどう思っているのか、まるでよく分からない。顔つきもいたって飄々《ひょうひょう》としている。

「さて、本日も、空いているところ以外は埋まっているという、まさにちょうど良い加減のお客さまのお入りでございまして……」

「ちょうど良い加減」と噺家本人に言われて、客席がなんとなくざわざわと笑った。

——空いているところ以外は埋まっているだなんて。

噺家さんというのは、面白い言い方をするものだ。

——あら。

白いものが高座へ近づいていく。

「五郎太！」

おふみは口の中で小さく叫んでしまった。きっと猫又からあとで小言を言われてしまうだろう。

「おやおや、これはこれは、お殿さま」

五郎太が猫又の座布団に前肢《まえあし》をかけ、客席に尻を向けて座ってしまった。

白猫と正対する形になってしまった猫又は、にこりと笑って座布団から下りると、丁寧に手をついて頭を下げた。その仕草がなんともおかしくて、客席から笑いが起きている。

——あれ、なんか、だいじょうぶそう……。

前座のまたたびが、素早くもう一枚座布団を持って高座に近寄り、師匠に渡した。猫又は、五郎太の乗ったままの座布団の脇に別の座布団を敷くと、新たに座り直した。

「ええ、では、お殿さまの思し召《おぼめ》しということで、猫のお噂を申し上げましょう。……

世間にはいろんなご商売というものがあるようで。中に、端師《はたし》なんて方がいらっしゃいます。これはどういうご商売かと申しますと、あちらこちらを渡り歩いては、大きなお屋敷や古そうな蔵なんぞに目をつけまして、古道具、骨董《こっとう》を安く仕入れて、江戸で道具屋に高く売りつけようなんという……」

旅に出てきたものの、たいしてめぼしいものにも出会えず、帰途につく端師。が、立ち寄った茶店で、猫が餌を食べている器が、どう見ても江戸でなら三百両にでも売れようという珍品。なんとかして安く買い叩いてやろうと一計を案じるものの……。

――ああ、これは確か、〈猫の茶碗《ちゃわん》〉、よね。

途中、なつかない猫を無理矢理抱き上げようとして暴れられるところなど、日頃の飄々とした様子とは打って変わり、猫又は高座から埃が出そうなほどの熱演を見せていた。にもかかわらず、五郎太がすました顔でずっと脇の座布団にいて、まるで見守っているようなので、それがまた客には笑いを誘っていた。

「……時々、猫が三両で売れるんで」

落ちまで言って頭を下げた猫又は、幕を引こうとした秀八を手で制止すると、座布団を外して客に改めて挨拶をした。

「高座でお猫さまに会うなんぞ、身についた名故の楽しき因果と存じます。せっかくですので、明日から楽日まで、毎日、猫の出てくる噺、猫尽くしにて口演してみたいと思います、どうぞ繰り返しお運びくださいますよう」

こう口上を述べて頭を下げた猫又の前を、ようやく座布団から下りた五郎太がゆうゆうと横切って先に楽屋の方へ消えたので、客席は大笑いに包まれた。

「良い猫神さまがいるね、ここは」——猫又がそう上機嫌で帰って行ったと聞いて、おふみは心の底から安堵した。

——〈猫じゃ猫じゃ〉でもさらっておこうかしら。

三

——七十二。だいぶいいね。

三月の六日、おえいは客に出した座布団の数を確かめて、頬にえくぼを浮かべた。

——何がきっかけになるか、分からないものね。

猫又の猫尽くしは話題になったらしく、一昨日から今日まで、客が増え続けている。ただ、「その白い猫をぜひ近くで見たい」というお客もいて、ちょっと困ることもある。おふみによると、五郎太は人にはとても馴《な》れているが、捕まえることができるのは清吉だけだという。

「近くには寄れるし、触らせてもくれるんだけど。抱えようとすると、するっと逃げられてしまって」

おふみがこう言うくらいだから、おえいや秀八がどう手を尽くそうと――秀八はひたすら鰹節《かつぶし》で釣ろうとしていたようだが振られていた――五郎太がいつ清洲亭に姿を見せるかは、本人、というか、本猫の気まぐれ次第だった。

ただ不思議なことに、今日は姿を見ないなと思っていても、猫又が高座に上がる頃になると、昼席でも夜席でもどこかに姿を現す。高座に上がっていたり、客席の天井の梁を歩いていたり、廊下に寝そべっていたり、それはそれで、客を楽しませてくれているようだった。

夜席、仲入りがそろそろ終わり、客がもう一度席に落ち着く頃になって、見かけない若いお武家が一人、きょろきょろと周りを窺いながら中へ入ろうとした。

「木戸銭、先にお願いできますか」

おえいが声をかけると、お武家は申し訳なさそうに頭を下げた。

「あ、ああ、そうなんだね。すまない」

「お履きものはあちらへ掛けてくださいますか。番はおりますから」

「そ、そうなのか」

明らかに慣れていない。座布団を渡されて戸惑っているので、「それを持って、空いているところへどうぞ」と告げると、何度も後ろを振り返りながらそっと入っていった。

夜の仲入り後は、やっと帰ってきてくれた新内である。燕治がいなくなって一年も経っていたため、二人が止めてしまったものと思っていた人も多いようで、高座に上がると「お帰り！」と声がかかったりするのもありがたい。

おなじみ、懐かしの〈明烏《あけがらす》〉がしっとりと終わり、猫又が高座に上がった。

「よ！　待ってました」

〈猫の茶碗〉〈猫の災難〉〈猫久《ねこきゅう》〉……今日はいったい何だろう。楽しみだ。

五郎太は客席の一番前にいるらしい。お客さんたちに触られてもまるで動じない様子は、確かに猫又が呼びかけたように「お殿さま」然としている。

「おい」

そろそろここは閉じて、自分も少しはゆっくり聞きたいと片付けていると、いきなり乱暴な声が聞こえた。

「ついさっき、若い武家が一人入っていっただろう。そいつをここに呼び出せ」

「呼び出せって言われましても」

やはり若い武士が三人、険しい顔で立っていた。

「ここへ入っていったのは分かっているんだ。さっさと呼んでこい」

どうにも声が物騒だ。背中でお初がびくっと震えたのが分かった。

「ちょっとお待ちください」

おえいは袖にいた秀八をそっと呼び出した。

「なんか、お武家さんが表で」

「お武家？」

「うん……ちょっとめんどくさそうだよ」

「ちぇっ」

秀八が出て行くと、三人の武士がいらいらと詰め寄ってきた。

「早く出せ」

「あの、何をでしょうか」

「さっき入っていった武家だ」

「そう言われましても……。お武家さん方、お役目か何かでしょうか。番屋のご用だというなら、お役人さんからきちんとうかがいとう存じますが」

「うるさいな。たかが見世物小屋の主人が、我らに指図するか」

「見世物小屋ではありません。寄席でございます」

「寄席か。なんでもいい、いずれにしても、木戸銭を払えば入れるのだろう。入れてもらおうか」

客席で人を捕まえようと言うのだろうか。冗談じゃない。

「いえ、困ります」

「なんだ」

「すでに、本日のトリ、真打が高座に上がっております。清洲亭では、トリの演者が上がったら、おしまいまで、よほどのことがない限り、お客さまの出入りはご遠慮いただいておりますんで」

――よ！　お席亭、棟梁、お父っつぁん、頑張れ！

秀八のあしらい方が思っていたよりずっと巧みだったので、おえいは思わず背中に向かって、口に出さずにかけ声を掛けた。

「なんだとぉ、町人が利いた風な。こんな入り口、いくらでも蹴破れるぞ」

戸に足をかけようとした一人を、もう一人が制した。

「おいおい、止めろ。あんまり騒動を起こしてかかわりない者を巻き込むと、家中に迷惑がかかるといかん。どうせ相手は一人だ。ここで待ち伏せしていればたやすいことだ、すぐ奪える。ふん、騒がせたな」

どうやらさっきのお武家をここで捕まえるつもりらしい。

――すぐ奪える、って言った？

大金でも持っている人なのだろうか。そんなふうには見えなかったが。

どんないきさつで入ってきた客にせよ、清洲亭の客が帰り道で難儀に遭いそうなのを黙って見過ごすというのは、気持ちの良いものではない。

「おえい、あいつらに狙われている人、どのお方か分かるか」

秀八もどうやら考えていることは同じらしい。

「うん、分かると思う……ちょっと待ってね」

おえいは廊下からそっと客席を覗き込んだ。

「……その三味線は初音《はつね》の三味線と呼ばれました。お国のためとは言いながら、三味線にされて命を落とした母が恋しく……」

高座の猫又は、〈猫の千本桜《せんぼんざくら》〉をやっているらしい。下座に仕込みがあったようで、おふみが三味線を猫の動きに合わせてかき鳴らしている。

「あそこ、あの一番後ろにいる人」

「そうか、分かった」

幸い今日は弁良坊も大橋のご隠居も客席にいる。何かあれば助けてくれるだろう。

「……〝あたしみたいなお多福に静御前《しずかごぜん》が似合うかねぇ〟、師匠が言いますと、猫がこう手を挙げまして、〝にゃうにゃう〟」

落ちだ。猫又が頭を下げる。

幕を引くのを庄助に頼み、秀八は客席へと分け入っていった。

「ありがとうございます」

「ありがとうございます、お足元お気をつけて」

下足番は、島崎楼の若い衆が代わる代わるつとめてくれているが……。

――だいじょうぶかな。

四

「お客さま。お客さま」

「あ、えっと、拙者のことか？」

「さようで」

秀八はおえいに教えられた若い武家に近づいた。

――こりゃあ、気の毒に。

つるりとした顔に華奢《きやしゃ》な体で、どう見てもやっとうよりそろばんの口だ。ただ顔や手などに、あちこち、火傷《やけど》の痕が多いのが異様だった。

「つかぬことをうかがいますが、表でお待ちのお連れさまか何か、いらっしゃいますか」

顔色がさっと変わった。唇がかすかに震えている。確かにこの様子では、あんな無骨なのに三人がかりで待ち伏せされたらきっとひとたまりもないだろう。

「拙者を、誰かが待ち伏せしていると申すのだな」

「お客さまを外へ連れてこいと言われました。席がはねるまでは困ると申したのですが、どうやら今もずっとお待ちのご様子で」

「やはりか……」

　武家はその場に座り込んだ。

「そなた、ここの主人か」

「はい。清洲亭席亭、大工の秀八と申します」

「そうか……。主人、どうか頼みがある。拙者を今夜一晩、ここへかくまってはもらえまいか」

　武士はきちんと座り直して頭を下げている。帰ろうとしている客の何人かが、いぶかしげにこちらを振り向いた。

「お武家さま、人目に付きます、どうぞお手をおあげなすって」

「では、かくまってくれるか」

　――どうしよう。

　どうぞご安心を。大船に乗ったつもりで――ぜひ、即座にこう返答して、粋に見得を切りたいところだが、脇からおえいが刺すような目で見ているのが気がかりだ。安請け合いは禁物である。

「そ、そうですね。なんとかいたしやしょう。ともかく、お客さまがみんなお帰りになってから、お話を」

やりとりの様子を見てか、大橋の隠居と話し込んでいた弁良坊が、こっちへ寄ってきた。

——ありがてぇ。

「どうかしましたか」

「それがちょっと。先生、帰らねぇで知恵貸しておくんなさい」

弁良坊が武家と秀八とを交互に見て、涼しげに笑った。

「分かった。ご隠居にもご同席いただく方がいいかな」

「もしできましたら」

知恵袋は多い方がいい。

やがて最後の客が帰っていき、清洲亭は静かになった。

助六の屋台を仕舞い、秀八の代わりに猫又の見送りをしてくれていた庄助が、心配そうに顔を見せた。

「表でずっと、お客さんの帰る様子を窺っているような方々がありますよ。今猫又師匠がお駕籠《かご》に乗る時も、ずっと遠巻きに……」

「まだいるんですかい」

参ったなという調子で問うと、庄助がうなずいた。

「困ったたな。先生、どうすればいいでしょう」

秀八は弁良坊に、これまでのいきさつをあらかたしゃべった。

「こちらのお武家さまが待ち伏せされているということですね。それはやはり、ご当人から子細をお話し願わないと」

「お武家さま。なんでまた待ち伏せなんぞされているんです？　何か因縁でも付けられなさるようなことがおありで」

「いや、その、そうではない、そうではないのだ」

「ではなぜ」

「実はあの三人おそらく、もともと拙者とは、朋輩《ほうばい》というか、同門というか」

「え、お知り合いなんですかい？　そりゃあいったい」

つるりとしたお武家は、小鼻をひくひくと動かしながら、秀八や弁良坊ら、居並ぶ者たちの顔をちらっちらっと順番に眺めている。

「ここにいるのは皆、こちらのお席亭とはごく親しい者ばかりです。初対面でいきなり信用せよと言っても難しいでしょうが、そちらも初対面でいきなり助けてくれとおっしゃるのですから、それなりにお覚悟いただかないと」

――そうだそうだ。

いつもながら弁良坊の先生の言うことは筋が通っていてありがたい。

お武家はしばらくうつむいて思案していたが、やがて決心したように顔を上げた。

「お言葉、ごもっともです。では、お話し申し上げましょう。拙者、平山《ひらやま》と申す。主君の名は伏せさせていただくが、とある藩の江戸詰の者。実はこの三年来、武士の身でありながら、商家へ見習い奉公に上がっておりました」

「商家へ見習い奉公ですか。それはまたお珍しい」

「商家と言っても、ただの商人ではありません。中田屋重蔵《なかたやじゅうぞう》というのですが、ご存じありませんか」

「中田屋さんですか。それは」

秀八は聞き覚えがなかったが、弁良坊と大橋の隠居には分かったようだ。

「それ、何の店なんですかい？」

「『兵薬新書』ですな。あの本はずいぶん売れましたから」

大橋の隠居はすぐに本の名らしきものを口にした。

「へいやくしんしょ？　そりゃあいったい、なんの本で」

「鉄砲や大砲といった当世風の武器、打ち物には、火薬がたくさん必要です。火薬がなければ、ただ重たいだけの鉄《かね》の塊ですから。その火薬を、いかに無駄なく、かつ手早くたくさん作るか。それについての指南書ですよ。中田屋さんは、商人というよりは、兵法の研究家、発明家みたいなものでしょうね。才人です」

どうやら大橋の隠居はよく知っているようだ。

「はい。そうなのです。なので、拙者の他にも、あちこちの家中から中田先生に教えを乞う者が多くありまして。武器を西洋式に変えたいのはどこの藩も同じでしょうが、何しろ金がかかりすぎる。少しでも安く軍備を整えるには、中田先生のお知恵が重要で」

そういうことか。ずいぶん物騒な商人先生があったもんだ。

「拙者の国元は冷涼なところで、正直、米などの農作物では難儀をすることが多い。家中の財政は常に逼迫《ひっぱく》しています」

――ひっぱく、っていのは、財布がひぃひぃぱくぱく言ってるってぇことかな。

どうもお武家の言葉は難しくて困る。

「ただ、領内に火薬の原料の採れる鉱山があるので、収入にはそれを頼りにしております。ただ、隣藩とまたがる山なものですから、権利を巡って争うようなこともありまして」

段々話が込み入ってきた。目がついぱちぱちとしてしまうのが分かる。こうなると、やはり弁良坊が頼りだ。

「このところ、その争いはなんとか決着していたのですが、今どうも隣藩が立て続けに難儀を被っているようで。そうすると、苦し紛れにまたこちらへ何をふっかけてくるか分かりません。で、いっそのこと、火薬の収量そのものを大きく上げるような方策をこちらが先に見つけておければ、と」

「なるほど。その方策があれば、そのまま自藩の利益にもできますし、隣藩との交渉の良い材料にもなりますな」

「はい。上役に提案したところ、裁可を得まして」

で、それが今、このお武家さんが狙われていることとどうかかわりがあるというのだろう。秀八にはもう一つ、話が見えてこない。

「実は中田先生は、『兵薬新書』に書かれたことをもう一段階推し進めて、さらに新しい技と知恵を得ておいでになりまして。それを書物にまとめるにあたり、拙者、お手伝いを許されました」

「ほう、それはまた開板《かいはん》なされればよく売れるでしょう」

弁良坊がいくらかうらやましそうに言った。そういえばこの先生の読本《よみほん》は、あまり売れているという話を聞かない。

「ええ。売れれば、またそのお金でさらに新しい方法を探求できると、先生も目論《もくろ》んでおられたのですが。ところが、その開板をお上から差し止められてしまいました」

「差し止められたと言われますと」

「先月の末にお上からお触れが出まして。合薬座《あいぐすりざ》というものが新しくできたんだそうです」

「合薬座？」

「火薬の取引をとりまとめる役所だそうです。火薬は今後、この座へ届け出て許しを得ないと、売り買いができなくなったとかで。それに伴って、先生の新しい本は、開板まかりならぬとのことで、板木を没収されてしまったのです」

「没収、ですか」

「はい。また今後、この本の内容を勝手に人に伝えることもならぬとのお沙汰を受けてしまいました」

「なるほど」

弁良坊と隠居は深くうなずいているが、秀八はもう一つよく分からないままだ。

「なんで、そのなんとか座ができると、その先生の本を売っちゃいけねぇんですか」

「幕府のお役人の考えそうなことですよ。諸藩が中田先生の本を用いて、国元で火薬を勝手に増産しては困るというわけでしょう」

「おっしゃるとおり、そういうことかと。ですが、それでは拙者は、いったい何のためにこの三年過ごしてきたのか。何の成果も持ち帰れないのでは、家中に戻ることもできません。思案にくれておりますと、先生が、密《ひそ》かにお手元の原稿の写しを、拙者にだけくださるというのです」

なんだかどんどん難しくなってくる。秀八はとりあえず耳だけは傾けていた。

「〝あくまで内密に。だから、これをどう使うかはそなた次第。私は与《あずか》り知らぬことだ〃先生はそうおっしゃいまして」

「そうですか……それはお覚悟のいることだ」

弁良坊がうなずいているが、こっちには全然よく分からない。

「で、そのこと、誰かに知られてしまったのですね」

「はい。じゅうぶん気をつけていたつもりだったのですが……。割と最近になって中田先生の元に来た者たちの中に、薩摩《さつま》藩の者たちがおりまして、どうやら彼らに気取《けど》られてしまったらしいのです。学びに来ているというよりは、何か探りに来ている様子がありましたから、気をつけなくてはと思っていたのですが……向こうの方が上手《うわて》だったようで」

薩摩か。

秀八はふと、佐平次のやっている料理屋、川分の粕庭羅《かすてぃら》の味を思い出した。あの味は、おえいに言わせると「この世のものではない」ほど濃いのだそうだ。「餡《あん》や蜜やきな粉がどんなに束になっても勝てない気がする」と。

あの味を出すために、薩摩の者の伝《つて》を頼って砂糖を手に入れているのだと、確か佐平次は言っていた。田舎侍の、野暮天のと、さんざん陰口をたたいていたくせに、利は見逃さないんだと、その時は佐平次の食えなさ加減に苦笑したのだったが。

薩摩という国は、この日《ひ》の本《もと》の一番南の端っこにあるんだそうだが——その端っこの、お江戸の公方《くぼう》さまの目が届きにくいところで、お江戸の者たちが目の玉をひんむくような目新しいことを、いろいろやろうとしている国なんだろうか。

——ただの田舎者じゃなくて、怖い連中なんだろうか。

ぼんやりそんなことを思った秀八をよそに、平山は話を続けた。

「実はこたび、先生が品川の砲台の崩れ具合を見たいというので、お供をしてしばらくこちらに逗留しておりました」

砲台か。

地震であれが崩れた時は、ついに黒船が攻めてきた、もうこの世はおしまいだと、恐怖に怯《おび》えた者も多かった。

「先生はもうしばらくおいでになるつもりとのことなのですが、拙者はそろそろ江戸の藩邸に戻らねばなりませぬ。で、おいとまをいただく際、餞別《せんべつ》として貴重な原稿の写しをちょうだいしたのですが、その後、どうも拙者の後を尾《つ》けてくる気配があるのです」

それがあの三人か。

「昨夜は、近くの平旅籠《ひらはたご》に泊まっていたのですが、今朝ほんのちょっと部屋を空けた隙に、荷物を荒らされたあとがありまして。幸い、原稿は肌身離さず持っていたので事なきを得たのですが」

「旅籠で荷物をですか。それはまたずいぶんと荒っぽいですね」

——お武家のくせに、ごまのはいのまねごとか。

ずいぶんたちが悪い。

胡麻《ごま》の蠅《はえ》じゃなくて護摩《ごま》の灰《はい》が正しいってのは、どこかの寄席で噺家に聞いて知ったことだ。もともとの護摩の灰は、高野山の坊主の姿形をまねしていたところから名のついた、旅籠で旅人の荷物を狙う泥棒だったのだそうだ。

「はい。今日は朝から、先生に頼まれた手紙を何通か、この宿の近辺で届けて歩いていたのですが、どうもあちこちで同じ者の顔を見ます。明らかに、中田先生のところにいた者でした。夕刻になってしまったので、人の出入りが多そうなところへ入って、向こうの出方を見ようとこちらへお邪魔してしまって、今に至るわけで……はなはだご迷惑をおかけして、申し訳ない」

「そういうことですか」

弁良坊が深々とため息を吐き、腕組みをした。

——話はこれで終わり、なのかな?

このお武家さんの持ってる、大事な書き付けが、薩摩のお侍に狙われている——簡単に言うと、どうもそういうことらしい。

「ご禁制で門外不出になってしまったものを託されたとあっては、ご心労、よく分かります。分かりますが……。さて、どうしましょうか。ことがことですから、お役人に訴えるというわけにはいきませんし」

腕っ節と言ゃぁ新助《しんすけ》だ。「ぜひ用心棒に来てもらいましょう」と、うっかり言いかけて、慌てて口を押さえる。

酔いどれ絵描きの新助が、実は柔《やわら》の達人であることは、秀八が助けてもらったことも含めて、おえいやお光ら、女衆にはないしょってことになっている。

「先生、どうしましょうか」

「そうですね、ちょっと考えてみましょう。それまで、平山さんは一人にならない方がいい。どうです、今日はまずここの楽屋で寝泊まりしてもらっては。お席亭、どうでしょう」

おえいがちょっと不安そうな顔を弁良坊に向けた。

「某と新助さんとで警固を務めますよ。頼りないかもしれないが、棟梁と併せて三人いれば、そう無茶もしてこないでしょう」

弁良坊がさりげなく新助の名を出してくれた。

「お席亭、猫又さんの楽はいつになりますか」

「明日です」

本当は追加を出してもいいと思っていたのだが、猫又の方が「実は追加をやると、手持ちの猫の噺が尽きてしまう」と密かに音を上げていたのだった。次に出てもらう約束を今から取り付けることで、さっきお互いに得心したところである。

「なら、すみませんが、おかみさんもいっしょに籠城ということで。向こうに顔が知られていますからね。巻き添えになってもいけない」

「あの、でも先生」

「おかみさん、ご迷惑でしょうが、どうか」

「いえ、先生や新助さんもいてくださるなら、一日二日の籠城はあたしだって構やしません。ただ、外のその、薩摩のお武家さんが、普通に木戸銭を払って入りたいって言ってきたら、どうすれば」

確かに。さっきはああ言えたが、仲入り前に、あくまで客として入りたいと言い張られたら、理由もなく断るのは難しい。押し問答の挙げ句、騒動を起こす口実にされてしまうかもしれない。

「なるほど、そうですね、どうしましょうか」

弁良坊は考え込んでしまった。

「あの、こういうの、どうでしょうね」

秀八の頭に一つ、考えが浮かんだ。

「五郎太さまのお告げってのは。猫又師匠は最後まで猫尽くしでなさるおつもりなので、いわば、この興行は猫殿さまの御前興行。楽日は特に大事な日なので、五郎太さまのお許しのない方は、お入りをお断りすることがありますって、明日はもうはじめっからそういう触れ込みでやれば」

「なるほど、さすがお席亭だ。良い思いつきですね」

「うん、なかなか良い趣向じゃないですか」

自分でも悪くない思いつきだと思っていたが、弁良坊と隠居の両方から褒められて、ちょっと照れる。脇でおえいがへえという顔をした。

「そういうことなら、誰かサクラを頼んで、他にも断られる人を用意するといい。私が佐平次さんに手配を頼んでおいてあげましょう」

ご隠居も存外いたずら好きらしい。

外に人の気配がして、一同ふと顔色が変わった。

「恐れ入りやす、大橋のご隠居さまはまだ……」

外で待っていた駕籠舁《か》きがしびれを切らしたようだ。

「ああ、すまないね、今行くよ」

隠居が立ち上がった。

「窮鳥懐《きゅうちょうふところ》に入る時は、猟師もこれを殺さずと言いますからな。お席亭、功徳になりますよ」

「きゅ？」

「ああ、いやいや。では、おやすみなさい

五

――窮鳥懐に入る時は、猟師もこれを殺さず。

おえいは、昨夜大橋のご隠居が帰り際に残した言葉を口の中で唱えてみた。

窮地に陥った者、つまり、逃げ場がなくて困り切っている人が助けを求めてきたら、どんな理由があろうと、どんな立場であろうと、助けてやるのが人の道というものだ――意味は例によって、後から弁良坊に聞いた。

――功徳になる、か。

正直なところ、平山のことは、なんでうちになんて逃げ込んできたりしたのかと、ちょっと面倒に思うところもなくはなかった。だがこう言われると、いくらか気の持ちようが変えられる。

たぶん、お初を授かる前だったら、もっとたやすく「助けてあげよう」と思えただろう。それが、つい「そんなことにかかわって、お初に何かあったらどうするの」と思ってしまったのは、我ながら人の心って怖いものだと思う。

〝五郎太さまの許しなき者、入場を禁ず〞

木戸には弁良坊の書いたこんなビラ紙とともに、新助が描いた五郎太の絵が貼られている。


「どうぞ、お入りください、どうぞ」

「あ、おれはお許しあるのかな」

「えーっと、あ、だいじょうぶです」

客はこの趣向を面白がって、五郎太の絵を拝んでから中へ入っていく。

――あ、来た。

島崎楼の若い衆らしき男が、手で鼻をこすりながら「入れるかい？」と聞いてきた。

「サクラ」の印には、手で鼻をこすることになっている。サクラ＝花＝鼻のしゃれである。

「申し訳ありません。お客さんには、お許しが出ないようですので」

「なんでぃ。おれこう見えて猫好きなんだぜ。しょうがねぇなあ。ちぇっ」

わざと周りに聞こえるように、舌打ちをしながらきびすを返していくと、他の客から「おっ」とか「えっ」なんて声が上がって、おえいは心の中で手を合わせる思いだった。

出番が進むうち、入り口あたりはだんだんと手空きになってくる。

「……二十日余りに四十両、使い果たして二分残る……」

前座、太神楽と進んで、呂香の出番になった。梅川忠兵衛《うめがわちゅうべえ》、〈けいせい恋飛脚《こいびきゃく》〉の

「新口村《にのくちむら》」のあたりをやっているらしい。女郎とお店者《たなもの》、悲恋の果ての道行きで、呂香がこれをやると、だいたい客席じゅうが皆、ぼろぼろと泣いてしまう。

「……咎人《とがにん》にしたも私から。お赦《ゆる》されなされて下さりませ……親子は一世《いっせ》の縁とやら、この世の別れにたったひと目……」

おえいも聞くとつい泣けるが、ただ、後になって考えると、主役の忠兵衛があんまり軽はずみのような気がしてしまうのは、まあ余計なお世話なのだろう。

呂香が下りると猫又の出番、今日は何をやるのだろうと思っていると、おえいの前に白いものがさっと現れた。

「五郎太さま」

清洲亭にかかわりのある人は、近頃皆この猫を「さま」付けで呼ぶのが決まりのようになっている。

「あら……」

五郎太が新助の描いた絵の前に陣取った。色違いの目がきらりと光る。

——不思議な猫。

結局、昼席には薩摩の武士らしき者たちの姿は見えなかった。席がはねた後、五郎太が絵の前にいて、まるで帰りを見送っているようだったのが、客たちには好評だった。

夜席が始まる頃には、五郎太の姿はどこかに消えていて、訪れた客から「あれ、昼はここにいたって聞いたのに」という声が上がったりした。

「おい。入れてくれ」

「おれも連れだ」

——来た。

間違いない。三人組だ。

たぶん、高座では、太神楽万之助と万太郎が「おめでとうございまーす」と言いながら、鞠だの升だの、銀の輪っかだのを、大きな傘の上で回している頃だ。おえいは慎重に相手の顔を見て、ことさら残念そうな声を作って言った。

「おや、すみませんねぇ。お客さん方には、お許しが出ないようです」

「なんだと。こんな馬鹿げた文句で、ここの寄席は客を差し止めようってのか」

「申し訳ありません。何しろここ、寄席ですから。何事も趣向でございまして。他のお客さまにも同じようにさせていただいております」

「だがさっきから皆入っていってるじゃないか」

「いいえ、時々お許しの出ない方もあるのですよ」

サクラの若い衆はあいにく見当たらない。

「ええい、まどろっこしい」

別の一人がひときわ大きな声を上げた。

「おい。ここに昨夜入った侍はどうした」

「さあ、どなたのことでしょうか。お客さまにお侍さまは何人もいらっしゃいますが」

「一人、出てこなかったはずだ。おれたちは交代でずっと見張っていたんだからな。ずっと中にいるんだろう。ここへ出せ」

「知りません。お客さまには皆さまお帰りいただいています。当たり前じゃないですか、ここは旅籠じゃありませんから」

言い返しながら、どきどきする。弁良坊も新助も、叫べばすぐ聞こえる場所にいてくれるはず、と分かっていても、怖いものは怖い。

――どうしよう。

向こうも騒ぎにはしたくないはずだから、という弁良坊の言葉を思い出しながら、三人の目を避けるようにしていると、ご常連のお年寄りが一人近づいてきた。右手で鼻をこすりながら「頼むよ」と笑った。

――え、この方が、サクラ?

おえいは軽く咳払いした。

「お客さま、ご常連さんに申し訳ありませんが、お許しがないようです」

「おやおや。そうなのかい、おかしいね。ねえおかみ、もしかして、あの猫は雌《めす》かい?」

「いいえ。雄だと思いますが」

「そうかい。おかしいな。いやね、一年前にうちのやつがいよいよあの世へ行くって時、あたしゃ約束させられちまったんだ。三回忌が済むまでは、決して女を寄せ付けない、雌猫一匹だって抱くどころか撫《な》でたりもしないって」

どうやらサクラではないらしい。たまたま手を鼻に触れただけのお方のようだ。

「それがおとついうっかり、ここの白猫、撫でちまって。雄雌確かめてなかったから、雌だったらもしかしてと思ってなあ。うちのやつが怒っているかもしれない。何しろ若い頃、女でずいぶん泣かしちまってなぁ……」

お年寄りがえんえんと自分の若い頃の艶聞《えんぶん》を垂れ流し始めた。いつもなら面倒なのだが、今日は好都合だ。

「もしかしたら、亡くなった奥さまのお墓参りに行けって、お猫さまがおっしゃってるのかもしれません、すみませんねえ」

おえいは武士を無視して、お年寄りの話に合いの手を入れた。

「そうかい。そう言われたらそうかもしれないねえ。分かった、今日はそうさせてもらうよ」

お年寄りが帰ろうとすると、顔見知りの他のお客が声をかけた。

「あれ、どうしたんだい？」

「お許しがないんだそうだ、あたしは」

「おまえさんあの猫撫でただろう、こないだ。ちょっと嫌そうにしてたからなあ」

「え、そうかい」

「うん。じゃあいいや、おれも今日は付き合って他へ行くさ」

二人でそのまま話しながら遠ざかっていく。

ちょっと申し訳ない、もったいないと思いつつ、おえいはまだ立っている三人にもう一度言った。

「こんなわけですから。本当にすみません」

武士たちは「くそ、忌々《いまいま》しい」「馬鹿にしやがって」などと吐き捨てながらも、その場から離れていった。

仲入り後になって、座布団がもう七十八枚出ていたので、おえいは入り口を片付けてしまった。うかうかしていて、またあの三人が来たりしたら面倒だ。

幸いこの夜は、呂香がお初の子守を買って出てくれていたが、あまり長く預けておくのも申し訳ないし、こちらの気もそぞろになってしまう。

「呂香さん、ありがと」

「いいえ。いい子よ、お初っちゃん。あ、さっきおしめを替えておいたから」

「わあ、助かる。すみません」

呂香からお初を受け取って乳をやると、すぐ背中にくくりつけ、高座の様子を窺う。

「……ええい、おまえは、人の亭主に何をいたずらするのじゃ。樽屋《たるや》のおせんは……」

新内が聞こえてきた。

かかっていたのは〈樽屋おせん〉。昔からある話をもとに、鷺太夫と燕治が二人で新しく拵えた曲だそうで、おえいが耳にするのは二度目だ。

前半はおせんが樽屋の職人とめでたく所帯を持つまでの明るく笑える話だが、後半になると、転がり落ちるように暗い話に変わる。

とある大店の法事を手伝っていたおせんが、そこのお内儀から見当違いの濡れ衣を着せられたのを深く恨む。意趣返しに、その旦那と密通に及ぼうとしてそれが自分の亭主に露見してしまい、挙げ句、おせんは自殺してしまう。筋立てだけ考えると、どうにもかなりひどい話だ。いくら恨んだからって、恋しい亭主もいるものを、女の方からその当の旦那に密通を仕掛けるなんて。なんだか急におせんが怖くて不気味な女に変わるみたいで、おえいはちょっとぞっとしてしまう。

しかしこれも、新内の節が付いたので聞くと、なんだかおせんが哀れに思えて涙を誘われるから不思議だ。呂香の義太夫にしても、鷺太夫と燕治の新内にしても、どうもこの三味線に乗せて「語られる」ものには、人の情の糸みたいなものを、おもいっきり弾《はじ》いて震わせる力があるらしい。

「……樽屋の涙は流れてむなし、二度とは開かぬおせんの眼《まなこ》……」

新内が終わった。客席がだいたい泣いているので、こういう時はおふみが軽い三味線の音をさせて、しばらく間を置く。

寄席のおかみになるまでは知らなかったのだが、三味線は棹の太さや胴の大きさによって太棹、中棹《ちゆうざお》、細棹《ほぞざお》と種類がある。義太夫の呂香が使っているのが太棹で、これが一番でぇんとお腹に響くような音がする。

新内の二人が使うのは中棹だ。柔らかい音がして、鷺太夫の高くてきれいな声とよく合う。

今聞こえている、おふみの弾くのは細棹だ。しゃらしゃらと高く細かい音で、おふみはよく、これで川の水音だの、幽霊が出る時の音だのを出す。

——これは……〈猫じゃ猫じゃ〉？

〽猫じゃ猫じゃとおっしゃいますが

猫が　猫が　下駄履いて　鳴海《なるみ》の浴衣でくるものか……

前座のまたたびが、二枚出ていた座布団を片付け、高座の床を手早く拭くと、一枚を敷き直して、袖へ引っ込んだ。

おふみの三味線が止んだ。

——あ、五郎太さま。

高座の脇、ろうそくの灯りの下に白い姿があった。まるで猫又を待ち構えているようだ。

猫又がのっそりと高座へ上がり、座布団に座る前に、五郎太に恭しく一礼した。

「ええ、本日は、猫尽くしの打ち止め、楽日でございます。こちらのお殿さまのお許しがちゃんと出ますよう、どうぞ仕舞いまでゆっくりとお付き合いください」

始まったのは、どうやら、忠義な猫の噺だ。飼い主である男の願いを聞いて、どこからか小判を引いてきてくれたのだが、そのせいで殺されてしまう。事情を知った近所の人たちは、回向院《えこういん》に猫の塚を立てて懇ろに葬ってやる。改心して真面目に働くようになった男は、いつしか大きな身代を築き、「猫金《ねこきん》」と呼ばれるようになる。

「……ええ、〈回向院の猫塚〉、由来の一席で、本日、楽とさせていただきます。ありがとうございます」

幕が引かれる前には、すでに五郎太の姿は消えていた。

きっと長屋へ帰って、おふみを待っているんだろう。

――清ちゃんの猫だものね。

すっかり眠ってしまったお初の重みが、背中に温かい。

「おかみさん。もう向こうの座敷へいらしていいですよ。あとはあたしたちでやっときますから」

「ごめんなさいね。よろしくお願いします」

おえいの目も、そろそろ上のまぶたと下のまぶたがくっついて離れなくなりそうだった。

六

「さて、じゃ行きますか」

「はい」

三月八日の朝、弁良坊こと彦九郎《ひこくろう》は、平山とともに東海道を北へ向かって歩き出した。

「平山さん、前を歩いてください。某《それがし》はついて行きますから」

彦九郎は平山を促した。

品川からご府内へと入る道は人馬の往来が激しい。刀を差した者が二人並んで早い歩みを進めるのは、それだけで周りを威圧するようで、目立ってしまう。

――うーん、まぶしいな。

昨日、一昨日と、あまり眠れなかった。春真っ盛りの日差しが右手に続く海に反射して、彦九郎の疲れた目をじわじわと刺していく。

――どうやら、恐れていたほど大事ではなさそうだ。

　正直に言うと、平山のかかわり合いが「薩摩藩」と聞いたところで、彦九郎は困ったことになったと思っていた。それは新助も同じ思いだったらしい。

「単にその三人がたまたま、あの平山って人の持ち物に目をつけてるだけならいいが、もしそうじゃないなら」

「そうなんですよ。それだったら、とても某たちの手に負える話じゃありません」

　前を歩く背に目をやりつつ、彦九郎は平山が清洲亭に飛び込んで来た夜のやりとりを思い出していた。新助と二人だけで密かに、本当はどうしたら良いかを話し合ったのだった。

　中田屋にいたという三人が、己の勝手な功名心の下、私的に動いているだけなら打つ手がなくはない。しかし、もし、三人が上役の指示などを仰いで、つまり、家中の命令で動いているとすれば。

「薩摩の隠密が動いていたりしたら、どんな手でも使ってくるだろう。ましてここは寄席だし、客に紛れて入り込まれたらやっかいだ。何をされるか分からないぞ。すぐに出て行ってもらえば良かったのに」

「それはそうですが……ここのお席亭のご気性を考えると、それも言い出しかねてしまったのですよ。後味も悪いでしょうし」

「まあ、そうだろうけれど。なんとか騒ぎにせずに収めるしかないな」

「ええ。平山さんには悪いですが、その物騒な原稿より、ここの人たちの命の方が大事です。もし隠密が忍び込んでくるようなことがあるなら、余計なことをせずに——申し訳ないですが、あっさり盗んでいってもらったほうが良いでしょう。……とはいえ、できることはしますがね」

そう言って彦九郎が急いで始めたのは、平山が持っていた『新兵薬新書』の写しの、偽物の冊子を作ることだった。

元の原稿と同じように、丁のはじめには「新兵薬新書」と書いてあるものの、中身は既に開板されている『兵薬新書』を写してあるだけ、という冊子を、平山といっしょになって拵えたのだ。もしだまされてくれれば御の字という思いだった。

「気休めにしかならないかもしれませんが……それでも、何もしないよりはましでしょう」

隠密。密偵。

幕府にも、諸大名にも、そういった手の者はあると聞くが、彦九郎自身はまったく接したことがない。たとえば己のもとの主家である、美濃国高須松平家《みののくにたかすまつだいらけ》にそうした職掌の者があるかと聞かれても、知らぬとしか答えられない。

——表に出ない役目だから、当然なんだろうが。

ただ、どうやら高須松平家の若さま、秀之助《ひでのすけ》さまがご養子に入って、現在当主をつとめておいでの尾張徳川家《とくがわけ》などでは、お土居衆《どいしゅう》という特別な役目の家々があることは、知る人ぞ知る話であるという。

——どうもな。

お家騒動だの、大名同士の争いだの、そういうことは全部、芝居や読本、講釈の中だけでたくさんだという気がしてしまう。

ただその一方で、兄の死の真相にそうしたものがかかわるとしたら、という思いも、相変わらず捨てきれずに持っていた。

前方、平山は歩速を緩めず進んでいく。いくらか猫背気味なのは、懐に大切なものが入っているという思いからだろうか。

彦九郎や新助の案に相違して、清洲亭に隠密ふうの者が忍び込んでくるようなことはなく、またくだんの三人も、無理矢理押し込んできたりはしなかった。

——ひとまずはほっとしたが。

ただこうなると、原稿を持った平山を、無事に藩邸なりどこなり、送り届けてやるしかない。

品川から江戸市中までは、海沿いの平坦な道がずっと続き、人馬の往来も激しい。平山は日枝《ひえ》神社の方へ行きたいと言っていたから、途中どこかで南西へ折れる道を選ぶことになるが、まあそれは平山本人に任せよう。

「少し休みますか。その先の茶店でも」

「はい」

遥か左手に増上寺《ぞうじょうじ》が見えてきたところで、平山に声をかけて肩を並べた。

「それにしても、荷車の往来が多いですね」

「まだまだ、地震があってから半年ですからね。普請待ちのところもあるでしょう」

資材や人手は、まだまだ引く手あまたである。

「誰か、つけてくる様子はありますか」

彦九郎は声を潜めた。

「どうでしょう。こう雑踏していますと……」

「そうですね。まあ、人目がこれだけあると、そう無茶なことも仕掛けては来られないでしょうが」

平山は空を仰いで、「すみません」とつぶやいた。

「つい、自分のことばかりに気を取られていて。皆さんにご迷惑をおかけしてしまいました。弁良坊さんにも、こうしてご足労願ってしまって」

「弁良坊さん」と呼ばれたのがおかしくて、彦九郎はつい笑ってしまった。今の浪人暮らしでは、だいたい皆自分のことを「先生」と呼ぶ。「弁良坊さん」と呼ばれたのはたぶんはじめてだ。

「しかし、拙者はどうしてもこたびの件、お上のやり方に納得がいかないのです」

「と、おっしゃいますと」

「はい。なぜ、先生の本を新しく開板できないのでしょう。なぜ、新しい方法を、支配地に鉱山のある各大名がめいめいで工夫してはいけないのか。いずれも、民が少しでも楽になれば、この日《ひ》の本《もと》が豊かになればと思ってすることです。なのに」

平山の言わんとするところは、なんとなく彦九郎にも分かった。

――死なぬように生きぬように、だ。

〝百姓共をば、死なぬように生きぬようにと合点いたし収納申し付くるよう〟

これは『落穂集《おちぼしゅう》』という書物にある言葉だ。恐れ多くも権現さま、つまり、公方さまの祖である徳川家康《いえやす》公の事績や思想について記した本である。

今読むとずいぶん民百姓に対して苛烈《かれつ》なように思われるが、時代背景を考えるとそうでもないのだと、そういえば昔兄と話し合ったことがあった。

それより前の時代だと、民の命はもっと軽んじられていて、新しい支配地の民を平然と皆殺しにするようなやり方を取る支配者もあった。それを、「可能な限り死なせないようにすべき」と考えたのが家康公だというのだ。

ただ一方で、裕福にさせると何を始めるか分からない、蓄えた財を用いて、支配者への反逆を企む者も出てくる。よって、「生きぬように」しっかり年貢を取っておけ、というのが、いわば徳川幕府の根本をなす考え方になっている。

この家康公の考え方は、幕府と諸大名家との関係についても生かされている。諸藩が立ち行かないほど困窮しては困るから、農地の改良や殖産といった努力は奨励する。しかし、それが幕府を脅かすほどの成果を上げることは許されない。もしその可能性、いや、危険性が疑われたら、即座に力を殺《そ》ぐ。火薬の件も、確かに幕府が統制したくなりそうなことではある。

――諸大名も、死なぬように生きぬように、というわけだ。

「弁良坊さん、砲台の話を聞いてますか」

「砲台の話？」

海岸から見るだけでは分かりにくいが、五基あった砲台はどれも、地震で大砲が転り落ちるなどしたらしい。中でも、会津藩の持ち場である第二砲台では、かなりの死傷者が出たと噂になっていた。

大名家は面子《メンツ》を重んじる。砲台に限らず、藩邸その他、すべての地震の被害を、武家は実態より小さくしか届け出ていないらしいとは、大橋の隠居から聞いたことであった。

「ええ。拙者はこたび、先生のお供でいろいろと聞き回ったのですが、会津藩では砲台のせいで、藩士が何人も見殺しにされたのです」

「見殺し？」

「はい。砲台の屯所《とんしょ》に詰めていた藩士たちは、地震で屋根が潰れて、閉じ込められてしまった。悪いことにその状態で中から火が出てしまったんだそうです」

平山は話しながら顔をしかめた。

「外にいた者は屋根を壊して、中にいた者を助け出そうとした。ところが、屋根を壊せば当然、その当座は火が大きく外へ広がることになる。でも、すぐそばには、大砲のための火薬庫があるんです」

彦九郎はようやく思い至り、頭にその光景を描いてぞっとした。

こちらの表情を見て取ったのだろう、平山が大きくうなずいた。

「そうなんです。もし中の者を救うために屋根を破ったら、十中八九、火薬庫に引火します。先生によると、おそらく七千斤《きん》（四・二トン）はあるだろうと」

「七千斤……」

火薬の七千斤というのがいったいどのくらいの量なのか、あまりに数字が大きすぎて、彦九郎には想像もつかなかった。

「そんなところに火が入ったら、中の者とか外の者とか言ってる場合じゃない、たぶん、会津の担当している第二砲台だけではなく、あの一円すべてが吹っ飛ぶほどの爆発が起こります」

海沿いを埋め立てて、いくつも造られた砲台。普請が始まった頃は、ただただ景気の良さに、品川宿一帯が沸いているように見えたが。

「砲台同士は四町と離れていませんからね。一つ爆発したら、またどうなるか分からないわけです。それが分かった時点で、会津では屯所の者たちを見殺しにするしかなかったのだとか」

ひどい。それでは、その人たちは、生きたまま焼き殺しに遭ったも同然ではないか。それに、もしそんな爆発が起きていたら、砲台だけでなく、宿場の方だってただでは済まなかったろう。

そんなことも知らずに、品川はご府内より被害が少なくて良かった、などと言っていたのは、どうにも浅はかだったらしい。

彦九郎は改めて平山の顔を見た。

「拙者は、もっと火薬のことを学びたいのです。もっと安全に保管する方法、簡単には火が入らないように収蔵する方法はないのか。あるいは、もっと少ない火薬で武器の威力が上げられれば、そもそもの収蔵量は少なくてすむし、いざという時の避難も楽でしょう。そんなことをぜひ考案して、こういう悲惨な事態が起きぬようにしたいのです。だから、国許でぜひ、中田先生のように研究がしたい」

なるほど。

彦九郎はようやく平山の志を理解した。

あっさり盗まれてしまえなんて言っていて、本当に申し訳なかった、と胸中で密かに謝った。

「その意味では、本当は、こんなこそこそしなければならないことそのものが、得心できません。先生がどこかの藩に技を売るようなことをせず、あえて書物の形で出そうとされたのはなぜか。諸藩で知恵を共有できた方がいいとお考えだからです。でも合薬座ができて幕府がうるさいことを言うようになれば、今後、火薬の知識はどこも内密に扱うしかないでしょう。砲台で会津に起きたことは、決して他人ごとではないのに。無念です」

会津か。

今の会津松平家の当主、容保《かたもり》公は、実は高須松平家のお生まれである。秀之助さま――今は慶恕《よしくみ》公と名をお改めである――と父を同じうする弟君だ。兄は尾張徳川家に、弟は会津松平家に、それぞれご養子に行かれたのだ。

彦九郎はどことなく因縁めいたものを感じた。

「いや、平山さん。お志、よく分かりました。ただ、今はともかく、平山さんが無事に、その原稿を持って国許まで行かれることが一番大事です。微力ですが、加勢いたしますから」

「かたじけない」

茶代を置いて立ち上がり、また歩こうとした、その時だった。

材木を載せた荷車が一台、向こうから来たなと思うと、すれ違いざま、まるで平山の体を材木でなぎ倒そうとするように、急に斜めに進み方を変えた。

「危ない！」

とっさに避けようとしたが間に合わず、腰のあたりに材木をぶつけられて、平山は地面に突っ伏した。

荷車はそのまま彦九郎に向かって突進してきた。なんとか躱《かわ》したつもりだったが、車の後ろからはみ出ている材木に足を引っかけられ、人の往来の中へ突っ込むような形になってしまった。

――痛っ。

立ち上がろうとすると、足に激痛が走った。手で触ってみると、血は出ていない。

――挫《くじ》いたかな。

それにしても荒っぽい。

「平山さん！　だいじょうぶですか」

返事がない。平山の周りに人だかりがしていた。

「おうい、けが人だ」

「車が人にぶつかっていったらしい」

「ひどいな。謝りもせずに行っちまったぞ」

彦九郎は痛む足をなんとか引きずって、平山の方へ近づいていった。

「平山さん！……すみません、連れなんです、通してください」

介抱する人やら野次馬やら入り乱れる中をようやくかき分けると、平山の体が横たわっているのが見えた。

「平山さん！」

「弁良坊さん」

大きくはないが、しっかりした声が聞こえて、彦九郎はほっとした。

すりむいたらしく、左の頬に血がにじんでいる。右手で左の肩のあたりをしきりに押さえてはいるが、深手を負った様子はない。

「そちらはだいじょうぶですか。拙者はだいじょうぶです、かすり傷です。ただ……やられました」

「やられた？」

「介抱するふりをして、拙者の懐から包みを無理矢理抜いていった者が」

――やはり、そうか。

七

「さて、棟梁、行くかい」

「じゃあ、よろしくお願いしますよ」

秀八は腹掛けに入っているものを、着ている半纏の上からそっと押さえた。

新助がいっしょだからだいじょうぶ――そうは思うものの、こんな大事なものを預かっての道中ははじめてだ。

しかもことによったら、これを狙ってくる者があるという。

「棟梁。そう肩に力入れてたら、芝まで行く前に疲れちまうぞ」

「え、ああ」

平山と弁良坊が出立してから一時ほど後、秀八は新助といっしょに街道を北へ向かっていた。

「平山さんがその原稿の写しを藩邸へ持ち帰ってしまえば、もう誰も簡単には手出しができない。ということは、何か事を起こしてくるとすれば、道中しかありません。そこで、です」

秀八は弁良坊から昨夜言われたことを、腹掛けの中の感触とともに思い出していた。

「某と平山さんは、偽物の原稿を持って、先発します。だからお席亭は、この本物を持って」

「この本物を持って、芝の浜本へ向かってください」

――本物？

「ちょ、ちょっと待ってください。なんで手前が」

「敵はまさか、他の者が原稿を持っているとは思わないでしょう。平山さんと某が出立すれば、こっちの後を尾けてくるに決まっています。その隙に、お席亭が」

「そ、それは分かりましたが、なんで浜本」

「お席亭がいきなり武家屋敷へ行っても、平山さんがいっしょにいないのでは、話が通りづらいでしょう」

それはそうだ。間違いなく、〈妾馬《めかうま》〉の八五郎《はちごろう》みたいになっちまう。

「それに、時と場合によっては、そちらで待ち伏せされているかもしれない。別の場所で落ち合ってから、と考えるなら、寄席ほどちょうど良い場所はないでしょう。長く居座ってもおかしくないし、武士と町人が同席していても自然です。ともかく、某が必ず浜本へ行きますから、待っていてください」

じゃあともかく懐に入れて運べばいいんだな、と思ったのだが、最後に介良坊から付け加えられたのは思いもよらぬ一言だった。

「ただ、もしかすると、お席亭の方を狙ってくるというのも、なくはない。だから、じゅうぶん心して行ってください。何かあったら、新助さんの言うとおりにしてくださいね」

弁良坊はいつもどおり、ごくごく冷静にしゃべっていたが、こっちにしてみればぎょっとする。

――まあしかし、これも。

「きゅう……」

大橋の隠居の言っていた文句を思い出そうとしたが、やっぱり出てこない。

「乗りかかった船、ってやつかな」

中田とかいう商人先生は、大橋の隠居も弁良坊も知っている有名人だというから、なかなかえらい人なのだろう。その人が、本当は誰にも見せてはいけない大事なものを「おまえだけには預ける」って言ったというんだから、きっと平山も見所のある人なんだ。

新助は後ろから付いてきてくれる。時々心配になって振り返ると、しっしと手真似《てまね》で「後ろを見るな」と言われてしまう。

「並んで歩いちゃいけねぇんで?」と聞いたら、「おまえさんを常に見えるとこに置きながら歩くのがこっちのつとめだ。並んじゃそうならないだろう」との返答だった。

「あんまり気合い入れずに、ぶらぶら、物見遊山のつもりで歩きな」とも言われた。

――物見遊山か。

海沿いに、潮干狩りをする女たちが大勢見えて、砂浜に花でも散らしたようである。

――たまには、おえいを連れ出してやりてぇな。

寄席を始めて、お初が生まれて。

潮干狩りにも御殿山の花見にも、そういえばもう何年も来ていない。

来年か再来年、お初が立って歩くようになったら、必ず来よう。

泉岳寺《せんがくじ》の山門が見えてくると、高輪《たかなわ》の大木戸はもうじきだ。

――そういえば、浅野内匠頭《あさのたくみのかみ》のご命日は、三月十四日だったな。

討ち入りは十二月十四日。さくさく、さくさく、雪を踏みしめながら、仇討《あだう》ちを果たした義士たちが、本所《ほんじょ》の吉良《きら》の屋敷からここまで、上野介《こうずけのすけ》の首を掲げて歩いたのだ。〈忠臣蔵《ちゅうしんぐら》〉の名場面である。四十七人の墓も、ここにある。

――講釈もいいよな。

近頃はどうしても、「次に清洲亭に誰に出てもらおうか」と始終考えているので、ついつい噺や色物ばかりに足を運んでしまうが、もともとは講釈も好きだ。

そんなとりとめもないことを考えながら大木戸を通って抜けようとすると、崩れた石垣の脇で、通行する人々の面体をいちいち探る様子の侍が二人、目に付いた。

――あれ！

間違いない。平山を追ってきた三人の中の二人だ。

秀八の足がぎくりばったり、止まった。

「どうした？」

新助が後ろから肩越しに声をかけてきた。

「あれ、そうです、あいつら」

「棟梁、おまえさん、足、自信あるか」

毎日普請で足腰は使っている。それなりには動ける、と思う。

「いいか。まさか相手もこんな往来の激しいところでいきなり刀を抜いてはこないだろう。おれが相手になっている間に、浜本まで急げ」

「新助さんは」

「おれはだいじょうぶだ。心配するな」

ひそひそ話をしている間に、向こうもこっちに気づいたようだ。

「いいな。おれに構うなよ」

「合点承知」

二人が近づいてきた。避けようとしたが、目の前に立ち塞がられてしまった。

「おまえ、品川の寄席の主だろう。どこへ行くんだ」

「どこって、仕事ですよ。芸人の差配を相談しに」

そう言って振り払おうとすると、一人に肩に手を掛けられた。

「放しておくんなさい。おまえさん方にかかずらわっている暇はないんでね」

「待て。その腹掛けの中、改めさせろ」

「冗談じゃない。何の理由があってそんなこと」

「なんだと」

ばしっ。

なんだかものすごい勢いで、侍二人の腕がねじ上げられた。「ぎゃっ」という悲鳴と同時に、今度は骨と骨とがごりっとぶつかったような鈍い音もした。

「棟梁。早く！」

「おう」

「こら、待て。痛っ……」

ひたすら、足を動かす。

右、左、右、左。

どの噺家のマクラだったか、「水の上を歩く方法」という小咄《こばなし》で、「右足が沈まねぇうちに左足を出す。で、左足が沈まねぇうちに右。そうしたら水の上だって歩ける」ってのがあった。聞いていると確かにその通りな気がするのに、絶対にそうはできねぇんだよな、と、首をかしげたことがある。

右が追いつかれないうちに左。左が追いつかれないうちに右。

増上寺の横を走り抜け、どの橋をどう渡ったかもよく分からないまま、それでも、見慣れた店が建ち並ぶのを頼りに、走る。浜本の木戸が見えてきて、秀八はようやく振り向いた。

——だいじょうぶだ。

侍が追ってきた様子はない。

足が震え、胸が苦しくてしゃべれない。肩でなんとか呼吸をしながら、木戸に体を入れた。

「あれ、清洲亭のお席亭じゃありませんか」

顔なじみの浜本の木戸番が声をかけてくれた。

「どうしたんですか、そんな汗びっしょりで。昼席、これからですよ。お入りになりますか？」

顔だけでうんうんとうなずき、ともかく中へ入る。

——先生……平山さん……。

どちらの姿も見当たらない。やがて幕開きを告げる鳴り物の音がし始めた。

——そうか、トリは、翁の師匠か。

前座に、翁竹右衛門《おきなたけえもん》の弟子の竹箕《たけみ》が出てきて何かやり始めたまでは分かったが、こっちはまだ息が上がったまま、申し訳ないがとても耳に入らない。秀八はそわそわと、何度も入り口の方に目をやった。

「……でございます」

噺を終えた竹箕が立ち上がり、座布団を片付けた。三味線の軽い華やかな音が聞こえる中、袖から白い鳩《はと》が二羽飛んできて、客席の頭の上を羽ばたいて一周し、高座へ戻った。

若い手妻使いが舞台に立っていた。

――あ、そうか、ヨハンだ。

この三月には浜本から、ヨハンに出て欲しいと言ってきていたのだった。四月には日本橋の末広からも声がかかっている。

戻ってきた鳩を両肩に乗せたヨハンが、満面の笑みで西洋人のようなお辞儀をした。頭を上げて、一羽ずつに手を差し伸べると、脇に用意された箱の中へついっと片付けてしまい、代わりに白い鞠を二つ、取り出して操り始めた。

――こんな鳩をいつのまに。

鳩を扱っているのははじめて見る。また新しいのを工夫したのか。

ネタおろし――噺家が新しく拵えたり覚えたりした噺をはじめて高座へかけること――と手妻の場合も言うのかどうか分からないが、新しい工夫の披露を、ヨハンが清洲亭以外でやっているのが、秀八にはがっかりというか、かすかに裏切られたような気分になって、まぶたがぱちぱちしてきた。

——なんでうちで先にやってくれないんだ。

辻《つじ》で投げ銭を当てにするその日暮らしだったのを、ここまでにしてやったのはおれじゃないか。

「お席亭」

喉に小骨の刺さるような思いのやり場に困っていると、隣にそっと滑り込んできた人影があった。

「先生！　で、どうなったんで」

「しっ。中座しては芸人さんに気の毒です。話は、ヨハンさんが終わってからにしましょう」

弁良坊の横顔は落ち着き払っている。

——うまくいった、ってことかな？

しかし、この腹掛けにはまだ、例のブツが入ったままだし、平山の姿はない。

気がかりで仕方ないが、とりあえず、ヨハンの手妻が終わるまで待った。

「さて、おしまいは踊る南蛮灯籠……」

ヨハンが色鮮やかな南蛮風の灯籠を空中に躍らせる。

——あんなきれいなもの、持っていたか？

鳩といい、灯籠といい、秀八はどうにも釈然としなかったが、今はまず、腹掛けの中のものをどうにかするのが先である。

「お席亭、ちょっと外へ出ましょう」

浜本は清洲亭と違い、木戸口から客席までの間にゆとりがあり、ちょっとした休憩のできる、小上がりの座敷もある。とりあえずそこへ腰を落ち着けた。

幸い、他の客は皆席へ入っていて、話を聞かれる心配はなさそうだ。

「先生、あの、お武家さんは」

「だいじょうぶですよ、ご心配には及びません。ちゃんとお屋敷へ戻れましたから」

——ああ、良かった。

「お、待ちかねた人が来ましたよ」

新助がゆうゆうと姿を見せた。

「新助さん。だいじょうぶ……です、ね」

「おう、心配するな。ちょいと腕、ねじ上げてやってきた。当分は痛くて動かせねぇだろう。追ってくる気遣いはねぇ」

侍二人の骨の音を思い出して、秀八はちょっと背筋がぞっとしたが、ともかく無事、弁良坊の書いた筋書きどおりに事は運んでいるらしい。

「で、じゃ、じゃあ、これは、どうすれば」

腹掛けを指さして、弁良坊に詰め寄る。こんな大事なもの、あんまり手元に長く置いておきたくない。

「まあまあ、落ち着いて。お席亭、終演後に、こちらの、浜本のお席亭にお目にかかってお話しすることはできますか」

「ああ、それならお安いご用で。仲入りの間に、誰かに伝えてもらいやしょう」

「それはありがたい。それができれば、ほぼ細工は終わったようなものです。あとは仕上げをご覧《ろう》じろ。ついでに、仲入り後は我々もゆっくり高座を見せてもらいましょう」

細工は流流、仕上げをご覧じろか。それはぜひ、こっちの台詞に取って置いてもらいたい。

秀八は木戸番に「昼席がはねたらお目にかかりたいと、お席亭に伝えておくんなさい」と告げると、弁良坊、新助と三人で客席の後ろの方に陣取った。

ふたたび幕が開く。膝、つまりトリの前に出てきた色物は、聞き慣れない名前だった。

「器械屋《きかいや》一郎二郎《いちろうじろう》ですか。変わった名前ですね」

「手前もはじめて見ます。何をするんでしょうね」

名前から察して、二人出てくるのかと思ったら、出てきたのは男が一人だ。ただ、大きな人形の載った、手車みたいなのを引いてきた。袴《はかま》を着けた武家の稚児《ちご》のような姿で、背には矢駕籠、手には弓を携えている。

「まずは小手調べから」

男は人形を下手に置くと、その背中をまさぐって何か細工をして、自分は上手の方に離れて立った。

じーっ、じーっ。小さく乾いた規則的な音が聞こえる。

——ぜんまい？

人形の右手が背中の矢を取り、構えた弓を番《つが》えるときりきりと引き絞った。

「からくり人形ですか……」

弁良坊も熱心に見入っている。ひゅっと風切り音がして、矢が勢いよく飛び出した。

男はその矢を片手で見事に受け止める。

「おお……」

ざわめきが上がる中、人形が二の矢を放ってきた。男は舞を一差し舞うようにして、その矢も受けた。

「たいしたもんだな」

新助がしきりに感心している。

「次は……」

その後も、男は人形に矢を射させたり、鞠を投げさせたりしながら、それを使って軽《かる》業《わざ》を演じていった。

途中で人形が動かなくなって、客の見えるところでわざとぜんまいを巻いてみせるなど、仕掛けをちょっと披露するあたりも、なかなか目新しい。

最後は、男が空中高く投げ上げた紙の鞠を人形に射させ、割れて花吹雪が舞い散るという華やかな幕引きだった。

――どこで見つけてくるんだ、こんな芸人。

前座の箕が出てきて、花吹雪を手早くかき集め、手ぬぐいにまとめていくのを見ながら、秀八は改めて浜本の席亭の眼力に感じ入っていた。目はし、目配り、目利き。どれをとっても、自分はまだまだ、足元にも及ばないような気がしてしまう。

実はここ数年、江戸では見世物人形が人気になっている。

一番有名になったのは、浅草に出ている「生人形《いきにんぎょう》」だ。これは、これまでの節句人形などとは違って、顔かたち、肌の見た目、色艶を、生きている実際の人間の誰彼にそっくり写し取って仕立ててあるのが話題だ。

吉原で人気の太夫や、芝居の名題《なだい》役者、相撲の関取などの姿が写し取られているなか、噺家で二人、この生人形にされたのが、御伽家桃太郎と九尾亭天狗である。

秀八も前に一度見に行って、面白いというより、ぎょっとしながら感心した。桃太郎の切れ長の目や、天狗のちょっと皺の寄ったおちょぼ口など、細かいところまで本当によくできていた。

とはいえこちらも大工、物を拵えることにはただ感心してばかりではいられず、ついつい、どう作ってあるのか、ためつすがめつ考えていた。それがよほど熱心に見えたのだろう、人形師が出てきてちょっと話をすることができたので作り方を聞いたら、木彫りで作った型に、薄い紙を幾重にも貼り重ねた後、型から外し、胡粉《ごふん》や顔料を膠《にかわ》と混ぜて塗りながら作っていくのだと、案外気さくに教えてくれた。耳にはおがくずを糊で練ったもの、目にはガラス玉を使うと良いのだそうだ。

「けど兄ちゃん。もし本当に作る気があんのやったら」

人形師は上方《かみがた》訛りでそう言ってにやっと笑った。

「完璧に作ったらあかんで。どこぞ、足りんようにしておかへんと」

「なぜだい？」

「魂が入ると困るよって」

まるで怪談噺の落ちを聞かされたようだったが、確かにあんなの寄席に置くんだったら絶対に怪談噺に使うしかないよなぁ、なんて思ったのは、よく覚えている。

ただ生人形は動くわけではないので、見に行く方としては、じいっと目を凝らしてほーと感心するばかりだ。寄席の演《だ》し物《もの》としては成り立たない。

しかし、さっきの人形遣いの軽業。浄瑠璃《じょうるり》芝居に使われている操り人形とは違う、凝ったからくりと人とがいっしょになって技を見せるというのは、目新しくて良さそうだ。

——生人形であんなからくりができたらすごいだろうな。

そんなことを考えたりしていると、竹右衛門が出てきた。

「……さて、先の地震では多くの方がお亡くなりになりました。中にはご夫婦で生き別れ、死に別れの憂き目に遭った方もございました。これは、本所割下水《わりげすい》にお住まいだったご浪人夫婦のお話でございます……」

屋根が崩れ、火の迫った裏長屋。一人の浪人が、幼い息子を連れてやっとの思いで逃げだそうとした時、妻が屋根の下敷きになっていることに気づく。なんとか助けだそうとするものの、火の手がもうすぐそこに。

「……成仏してくれ！　坊のことは必ず某が身の立つようにするから。ご亭主はそう言い残しますと、泣く泣くその場を立ち去ります」

幼い子とともに、知り合いの家に居候する浪人。その枕元には毎晩、真紅の牡丹《ぼたん》を髪に挿した妻の幻が。気の病か、日に日にげっそりと姿の変わる浪人。ある日死んだはずの妻が……という、地震に材を採った新作の怪談噺だ。

「さてこの夫婦、この後なんとか元の鞘に納まりましたという。縁は異なもの味なもの、この世で一番怖くてかわいいのは、隣で生きてる女房でございます、という〈緋《ひ》牡丹長屋〉の一席、どうもありがとうございました」

竹右衛門が頭を下げると、弁良坊が「いやあ、これは良いものを聞かせてもらった。素晴らしいですね」としきりに感心している。

「じゃあ、お席亭、それ、こちらにもらいましょうか」

「あ、ああ、そう願います」

秀八は腹掛けから包みを出した。

――大変なものを持ってたんだよなぁ。

風呂敷に平包みされた冊子を、弁良坊が自分の懐へ押し込んだ。

他のお客さんがあらかた帰るのを待って、浜本の席亭に挨拶に行く。

「うちのご常連さんで、ビラや刷りものの版下なんかも書いてくださってる、弁良坊黙《だ》丸《まる》先生。それから、絵師の新助さん」

「ああ、お噂はよく存じておりやす。いつぞや、文福の怪談噺では、お二人がずいぶん助《すけ》太刀《だち》なさったそうで。うらやましいと思っておりましたよ」

「これは、よくご存じで。恐縮です。いや、今日はとても楽しく拝見しました」

弁良坊は型どおり挨拶をすると、「一つお席亭にお願いが」と切り出した。

「実はこれ、大観堂のご隠居のものなんですが……二、三日、預かってくださいませんか」

――どうしようってんだろう？

弁良坊の意図を量《はか》りかねて、秀八は首をかしげた。浜本の席亭もちょっと戸惑っている様子である。

「預かる？　こちらでですか？」

「ええ。本当なら某が自分でお店へお届けに行けばいいんですが、ちょっと、その、お店の他の方に知られたくない代物でしてね。某が顔を出さない方がいいみたいなので」

言いながら、弁良坊がにやっと笑うと、浜本の席亭もにやっと笑った。

――なるほど、ご隠居への中継ぎっていう寸法か。

中身は明かさずに、浜本からご隠居へ渡してもらおうということらしい。

「そりゃあ、春めいたものかなんかですかい」

「はは、まあそう思ってもらっていいですよ」

――おいおい。

春めいたもの――どうやら席亭は艶っぽい本と誤解しているようだ。

「ご隠居からこちらへ、お遣いの方が来るはずなので、渡してやってください。これはご隠居からです」

「そりゃあどうも」

渡されたご祝儀袋を、席亭は目の高さまで持ち上げて軽く頭を下げた。

三人で浜本を出ると、秀八は思わず言った。

「先生、まさか、お席亭、中を開けたりしやせんよね」

横で新助がにやにやしている。

「だいじょうぶでしょう。封もしてありますし、そこまで大人げないことをするお方ではなさそうだ。それに開けたって、がっかりするだけですよ。何について書いてあるものかなんて、失礼ながらあちらのお席亭、見たって分からないでしょう」

それもそうだ。

弁良坊はあれの偽物を作る時、「難しい内容ですねえ。某が読んでも半分くらいしか分からない」と言っていた。

春画と思いながらあれを開けて、漢字ばかり並んでいるのを見てがっかりする席亭の姿を思い浮かべて、秀八は思わずにやっとした。

「さ、帰りましょう」

八

「……痛……」

「ちょっと我慢なせぇ、先生」

「うん……」

浜本からの帰り、彦九郎は途中の小料理屋の座敷で、新助に膝を捻《ひね》られていた。荷車にぶつけられた時のけがが、直後はなんともなかったのに、むしろ今になって痛み出したのだ。

「息を吸って、いいかい、そのますーっと吐いて。ちょいと我慢しな」

隣では秀八が、まるで自分も痛いように顔をしかめている。

柔術の心得のある新助は、足の節々のことなどにも知識があるようで、彦九郎の膝を診るなり、「いかん、これは歪《ゆが》んでる。すぐに治そう」と言ってくれた。

——治すって……。

人の骨の形を外から変えられるなんて、彦九郎ははじめて知った。

「よし。腫れは二、三日もありゃ引くだろう。ところで」

新助は慣れた手つきで燗《かん》のついた酒を三人の間においた。

「さっきおまえさん、番屋へ届けたって言ったが、だいじょうぶなのか」

「だいじょうぶですよ」

偽物の原稿を盗まれたあと、彦九郎は平山を連れて近くの番屋へ行き、「泥棒に遭った」と届けを出し、犯人はおそらく薩摩藩の武士であることを告げた。三人のうち二人については、平山が名字だけなら分かるというので、人相風体とともにそれも告げた。

「盗られたのはあくまで『兵薬新書』を抜き書きしたものでしかありません。仮に捕まって詮議されても、向こうも、敢《あ》えて本当の狙いを言うはずはないし。――まあ、捕まらないでしょうが」

犯人が武家であれば、町奉行の出番ではない。薩摩藩島津家《しまづけ》の中で処分されるだけだ。盗られたのが、金目のものでも、取り立てて重要なものでもないとなれば、うやむやにされる可能性の方が高いだろう。

「で、さっきの本物は、大観堂からあいつのところに届く手はずなんだな」

そう聞かれて、彦九郎は少し言い淀《よど》んだ。

――怒るかな、二人とも。

とはいえ、最後まで隠しているのは気が引ける。

「ああ、いえ、あれは……実はあれも偽物なんです。もちろんちゃんと大観堂から遣いは行くと思いますが」

「なんだって？　ちぇっ、一杯食わせやがったのか」

彦九郎の顔に拳を当てるまねをしつつも、新助はにやにやと面白そうな顔をした。秀八は「えっ」と言ったきり、目をぱちぱちさせている。

「ほら。腰抜かしちまってるぜ、棟梁が。なあ」

新助が、言葉もなくなっている秀八に向かって顎をしゃくってみせた。

「敵《かな》わねぇな、この三文戯作者《げさくしゃ》め。おれも棟梁も目一杯、体を張ったってぇのに。〝敵を欺くにはまず味方から〟かよ。とんだ軍師だ」

「面目ない。あんまり好きな方法ではありませんが……。〝嘘も方便〟ぐらいでお許しいただければ」

「許せるかよ。よし、ここはおごりだぞ」

ぐいっと、杯が空になった。

「まあいいや。で、本物はどこへどういったんだ」

「ええ。実は猫又さんが」

「猫又って、この間の噺家か？　でも、あいつは楽の日に帰っていったよな」

「そうです。あの時に、〝すまないが、これを大急ぎで大観堂へ届けてほしい〟って、ご隠居が猫又さんに頼んでくれたんですよ。駕籠代、うんとはずんで。もちろん中身のことは言わずにですが。あのご隠居に頼まれごとをして、断る芸人さんはいませんからね」

彦九郎はこたびの策を密かに、〈猫の茶碗〉戦法と名付けていた。

猫の茶碗に三百両の珍品が使われているとは誰も思わぬように、はねた寄席から当然のように帰っていく芸人の駕籠で、本物の原稿が運ばれていくとは、狙っていた侍たちには想像もつかぬだろう。猫が己の茶碗の値打ちには無頓着なように、猫又も単に、ひいきのご隠居の頼みと思って引き受けてくれただけだ。

「なんだ。あれ、でもおまえさん、あの夜も一心不乱に偽物作ってやしなかったか？」

「ええ。一冊作れば、それを見ながらもう一冊作るのはたやすいですから」

傍らで、秀八が「ひでぇ……」とつぶやくと、おもむろに卵焼きをむしゃむしゃ頬張りだした。彦九郎は「申し訳ない」と言いつつ、杯に手を伸ばした。

「おっと先生も、やるかい、うれしいね。まあ棟梁、許してやんな。そもそもは、おまえさんのお人好しから始まったことだ」

「お人好し？」

秀八が心外という顔をした。口の端に黄色い卵の切れっ端が付いている。

「よくあんな必死で走っていったよなぁ。なかなかいないぜ、人のためにあそこまで。単に客として、しかも追っ手をまくためだけに入ってきたようなやつに、あんなにしてやらなくってもいいのに。馬鹿な野郎だ」

新助の「馬鹿」には、温かい響きがあるように聞こえた。

「まあ、そうですね。ただ、そういうご気性が分かってたんで、かえって本当のことは言いにくくて。騙《だま》すようなことになってしまったんですが。勘弁してくださいよ」

秀八が二切れ目の卵焼きに箸を伸ばした。下戸なのに、顔が真っ赤だ。

「なるほど……確かに、これじゃあすぐに顔に出らぁな、懐の中身を知ってりゃあ」

「そうなんですよ。嘘のつけそうにないお方なんでね」

「お二人とも。手前の馬鹿を肴《さかな》に呑むのは、よしておくんなさいよ」

「まあまあ、そう照れるな」

新助がもう一杯くいっと空けて、にやりと笑った。

秀八にはいささか申し訳なかったが——まあ許してもらおう。頼んだ軍師が案外、主君をも欺いてなんてのは、講釈なんかではよくあることだ。

「で、それはそうと、あの平山ってのは、どこの家中だ。おまえさんはさすがに知っているんだろう」

「ええ。お二人とも、ここだけにしておいてくださいよ。……二本松《にほんまつ》です」

陸奥国《むつのくに》二本松藩。当主は丹羽家《にわけ》だ。

猫又が大観堂へ運んだ本物は、すでに丹羽家の江戸藩邸へ運ばれているはずである。芝からさほど遠くないのが、幸いだった。

「二本松か……」

「二本松ってぇと？」

「陸奥。会津のお隣ですよ」

「あぁ、会津の……」

砲台の一件以来、品川あたりでは会津の名はすっかり知れ渡っている。秀八もなんとなく納得したようだった。

——会津か。

実は会津も二本松も、彦九郎にとってはいささか、ゆかりのある家中だった。思いなしに過ぎないかもしれないが。

尾張徳川家の当主である秀之助こと慶恕、その弟で、現在高須松平家の当主である茂徳《もちなが》。よほど縁があったのか、お二人とも、二本松丹羽家当主、長富《ながとみ》の娘を正室としているのだ。

――兄弟で姉妹を娶《めと》る、なんてのは、なんだか風雅だな。

遥か古《いにしえ》の王朝物語、あるいはさらに遡って神話の世界めいている。国学の世界だ。

しかも、砲台での悲劇を招いた会津の当主松平容保は、高須出身、お二人の弟だ。

――お気の毒なことだったな。

二本松と会津の支配地は隣同士、平山が言っていた鉱山というのは、安達太良山《あだたらやま》という山の斜面にあって、硫黄が採れる、沼尻《ぬまじり》というところらしい。

浪人の我が身の周辺に、なぜか旧主の家の若殿たちにゆかりのある事柄が出てくることに、彦九郎はいくらか感傷的な気分を抱いていた。

もちろん、大名家などというものは、養子だの婚儀だので互いにがんじがらめにつながっている。こんなつながりに情けを感じるのは、自分も案外、切り捨てたはずの来し方にとらわれた愚か者なのかもしれない。

「しかし、おまえさんも棟梁とおっつかっつのお人好しだな」

新助がにやっとした。

「こんなややこしい筋書き書いて、飛び込んできた身も知らねぇ武家の手助けしてやるなんぞ」

「はは。そうかもしれません」

確かに、新助の言うとおりかもしれない。秀八が深くうなずいている。

……拙者は、もっと火薬のことを学びたいのです。

つるりとした顔の、必死な訴えを思い出す。

たぶん、もう会うことはないだろう。

「ま、いいじゃありませんか。〝噺家は、世情のアラで飯を食い〟っていうんだそうですが」

猫又がマクラでしゃべっていたのを思い出した。

「その伝で言うなら、戯作者ってのはさしずめ、〝酔狂これ万事飯の種〟ってところですからね」

もう自分は武士ではない。彦九郎は改めて自分に言い聞かせた。

「そういうもんか。まあいいや、飲めよ」

新助に注がれた杯の酒が、染みるように胃の腑《ふ》へ通っていった。

第三話

いよ！　まんてんの夜

一

「ため息、どんどん吐けばいいのよ」

「おかみさん……」

「ただし、明るいところでね。そしたらその息、お天道さまが暖めて、風で吹き飛ばしてくれるから」

「はい……あ、でも、おかみさん……」

——夢だ。

お初を抱いたまま、箪笥《たんす》にもたれて、うとうとしていたらしい。

ため息は、明るいところで。

秀八との縁を取り持ってくれた、伊勢屋《いせや》のおかみさんの言葉だ。

——でもおかみさん。

暗い夜にどうしてもため息吐きたくなったら、どうすればいいんですか。

隣では、秀八が軽くいびきをかいている。いったん寝付いたら最後、近くで半鐘でも鳴らない限りは起き出さない寝付きの良さを、いっしょになってずっと、他愛《たわい》ない、かわいいもんだと思ってきたけれど、近頃はちょっと恨めしい。

「ふえっ、えっ、えっ……」

「ああ、よしよし、ほうら、おっ母さんはここだよ」

生まれて半年。ありがたいことに、大きな病気もせず、お産婆さんからは「親孝行な子」と言われているお初だが、ここしばらく、夜中に目を覚ましてはぐずり、なかなか泣き止まないことが続いていた。

おしめも汚れていないし、お乳をあげようとしても飲まない。泣いている理由がまるで分からず、膝に抱き上げてゆらゆら揺らしたり、顔を近づけてしゃべりかけたり……暗い中で手を変え品を変え、時ばかりが過ぎていく。

――ちょっと楽になったと思ったのに。

一度にたくさん飲めるようになったからだろう、お乳をあげる回数は減ってきて、おかげで、生まれたばかりの頃のように、一時ごとに起きたりしなくても良くなった。ゆっくり眠れるとはいかないまでも、以前のように、自分の体が綿みたいにふわふわして、時知らずに眠いなんてことはなくなったから、助かった、と思っていたのだが。

「いよっ！　待ってました」

出し抜けに、秀八の寝言だ。夢の中でも寄席に行っているらしい。高座に上がっているのは、桃太郎だろうか、弁慶だろうか、それとも。

「うばぁ……」

――あら。

お初が秀八の方に手を伸ばすような仕草をした。泣き止んでいるようだ。

「お父っつぁんはご機嫌だね。いいね」

そう囁いてみると、お初がまた「うばぁ」と言った。

――寝てくれるかな。

そっと膝から下ろし、布団に寝かせて、添い寝する。

……だいじょうぶよ。

耳元で、伊勢屋のおかみさんの声がしたようだった。

四月、上席《かみせき》でトリをつとめてくれているのは、翁竹右衛門だった。

「……そうですね、じゃあ、この武家の奥方は、拝領妻ってことにするのはいかがですか」

「拝領妻？」

「ええ。一度はご主君のお手がついたご婦人なんですが、訳あってはっきりとご側室と披露することはできない。かといって、そういうご婦人をそのままにしておくこともできない。で、信頼のおける家臣の妻としてご下賜《かし》になる」

「ああ、なるほど、お下げ渡しの奥方ですか。そうしたら、例えば、お腹《なか》に実は子が、っていう筋にもできますね」

「そうですね。表向きは我が子、実は主君の若君となれば、武士は必死で守り育てる。そんな噺になりますすね」

「それ面白いな。ちょっと待ってくださいね、元の噺とうまくつながるかな、覚え書き作っておかないと。お下げ渡し、お下げ渡し、っと……」

清洲亭の楽屋では、竹右衛門と弁良坊が文机《ふづくえ》を挟んで向かい合っていた。お茶を出したついでに、おえいは二人の話を傍《はた》でしばらく聞いていた。呂香がお初の子守を代わってくれている間、ほんのちょっとの、息抜きである。

——なんかややこしい話してる。

それにしても、いくらお殿さまだって、女を「下げ渡す」だなんて、ずいぶんだ。

「で、その後にお家がお取り潰しになって、殿さまは切腹。武士は浪々の身」

「ああ、それいいですね、で、我が子実は主君の子を擁して、なんとかお家再興を、と奔走する」

「そうしますか。ただ、お取り潰しの理由をどうしましょうか」

「ううん……。先生どうでしょう、何か良い案は」

「さて、どうしましょうかね。幕府の怒りを買うような、でも、見ている方からすると、決して悪いことはしていないような」

「そんな都合の良い理由、作れますか」

「待ってくださいね、考えてみましょう……」

弁良坊が目をぐるぐる動かしている。どうやら、何か策を考える時、この先生はこんなふうにするらしい。

「幕府に内緒で火薬を製造していたことが露見した、とか。いかがでしょう」

「ああ、それは当世風でいいですね」

竹右衛門が筆を動かした。

——楽しそう。

「これなら、文福さんに負けない続き物ができそうだ。先生、ありがとうございます」

「いえいえ。こんなお手伝いならいくらでも」

竹右衛門は近頃、先の地震の折に実際にあった、お武家のご夫婦の話をもとに、怪談噺を作って披露している。一日の夜に清洲亭の高座にもかけたので、おえいも木戸口の仕事をしながらだいたい聞いたが、落ちた梁の下敷きになった奥方を、助けられずに逃げてしまったご浪人の噺だ。

見殺しにしたと気に病み続けるご浪人の辛さ。実は助かっていたものの、けがのせいでこれまでのことをすっかり忘れてしまった奥方の、その後の悲しい宿世《すくせ》。すれ違う二人。しかし、何年か後、ようやく二人は再会して……と、途中に幽霊や不思議な出来事などは出てくるものの、最後はめでたく終わるので、おえいは聞いていてほっとした。

これを、先日弁良坊の先生が浜本で聞き、「これはとても面白い、もっと長い噺に作りかえて、続き物にしてみませんか」と竹右衛門に声を掛けたところ、「じゃあいっしょに拵《こしら》えてください」ということになったのだそうだ。今、二人は清洲亭で、竹右衛門の出番の合間に、真剣に、でも楽しそうに、額を寄せて話し合っている。

「この本、面白そうですね。お借りしても構いませんか」

竹右衛門が、弁良坊が持ってきた本の中の一つを、興味深そうに覗《のぞ》き込んだ。

「よく調べたもんですね。壊れ方や焼け方の激しかったところがどこかとか、どんな噂がいつ頃どこで流れていたとか、お救い小屋に志を出したのはどこの旦那とどこの旦那だとか……ついつい読んでしまいますよ」

どうやら、先の地震について、あれこれとかき集めた本らしい。

「『安政見聞誌』ですね。絵もたくさん入ってますし、よく売れているようですよ。ただ、絵には作者が描いてあるのに、文章を書いたのは誰なのか、書いてないんですよ……お咎め逃れの用心かもしれません」

「お咎めなんてあるんですか」

「ええ。昨年の暮れ時分でしたか、大観堂さんも、今のご主人、あのご隠居の息子さんですが、番屋へ連れて行かれて。一応放免はされましたけど、板木なんかをかなり没収されてますからね。過料五貫文も取られたそうですよ」

「過料五貫文ですか……それはまた」

「ただ、刷った物がとっても売れるんなら、五貫文払ったって帳消しになって、利が余る、構うもんかって考える本屋は多いですからね。地震に関するものは、早ければ早いほど売れるってんで、皆大急ぎで、無届けのまま開板して。ほら、これも改《あらた》メ印《いん》がないでしょう、無許可の本ですよ。これだけいろいろな事が書いてあると、お上にそのうち目を付けられてしまうかもしれませんね」

　竹右衛門がほう、という顔をしている。

　おえいもちらっと覗いてみた。本の方は漢字が多くて難しそうだが、付いている絵は、細かくて思わず目が留まる。ひどかったと聞く深川あたりの様子など、まるで地獄絵のようである。

　噺家と戯作の先生とは、話が尽きないらしい。こういう様子を見ているのは面白いけれど、おえいはそろそろお初が気になったのでその場から離れることにした。

「呂香さん、ありがとと」

「どういたしまして。ちょうど今寝付いたところよ」

座敷に戻ると、呂香がお初の口のよだれを丁寧に拭いてくれていた。

「だんだん、重くなってきたわね。手首なんてしっかり輪ができて。いい子ね。きっと賢い子になるわよ、お初っちゃん、目がきりっとしてるもの」

我が子を誉《ほ》められるのは、どれだけ誉められても悪い気はしない。

「あら、五郎太さまが来た」

寝ているお初の横に寄り添うように、白猫はゆうゆうと体を伸ばして寝そべった。

「本当に不思議な猫ねぇ。弁良坊の先生のところには、この猫の兄弟がいるんですって？」

「ええ。そっちは真っ黒だっておふみさんから聞いているんだけど、でも一度も見かけないの。ここへ来るのは五郎太さまばっかりね」

「猫って縄張りがあるっていうものね。そういえば、ここでヨハンさんが鳩を使わないのは、五郎太さまのせいなの？」

「え？　鳩？」

ヨハンが鳩を使うなんて、初耳だ。

「さあ……。呂香さん、それ、誰から聞いたの？」

「うん、ちょっと前にね。川分のお座敷でやってくれって言われて。あそこならお女郎さんの出入りはないからいいかなと思って、一席やらせてもらったんだけど」

佐平次からは島崎楼でもやってほしいと言われていたようだが、呂香はお女郎衆のいるところでは嫌だと断り続けていた。

「その時のお客さんの中に、よその寄席にヨハンさんが出ているのを見てとっても華やかで良かったって。白い鳩を飛ばしたり、きれいな南蛮風の灯籠を点《とも》したりして」

——南蛮風の灯籠？

それもおえいは見たことがない。

「だからね、品川へ遊びに来て、清洲亭にヨハンが出てるからって見に来たら、そういうのがなくってちょっと残念だったって」

——え？

「ただ、あたしも清洲亭にはちょくちょく出ますから、ヨハンさんの手妻はよく見ますけど、鳩を使うのは見たことないですよって。清洲亭には白い猫神さまがいるから、そのせいじゃないですかって言っておいたんだけど」

ヨハンから鳩を使いたいなんて言われたことがあっただろうか。秀八は知っているのか。少なくとも、おえいは覚えていない。

「でもそういえば、灯籠を使うのも、あたしも見たことがないな、おえいさんはあるの？」

「えーと、そうね、どうだったかしら。あの子とはもう長い付き合いだから、全部は覚えていないかも」

長い付き合いは本当だが、覚えていないは嘘だ。出てくれる芸人たちの芸の道具を忘れるような、半端なおかみではないつもりだが……。

「ふうん。そうそう、でも、そのお客さん、箱に入って縛られるのは、すごかった、はじめて見たって喜んでたけど」

箱に入って縛られるの、というのは、縄抜けのことだろう。あの仕掛けは秀八が拵えたものだから、清洲亭の他では見られないはずである。

呂香が「じゃ、あたしも稽古しなくっちゃ」と立っていくと、入れ替わりに秀八が大工仕事から戻ってきた。

「おーいお初。お父っつぁんだぞー。いい子にしてたか……。なんだ、寝てるのか、起きねぇかな、せっかくこれもらってきたのに」

秀八の手には、でんでん太鼓が握られていた。太鼓の表には鹿島《かしま》明神、裏には大ナマズ。今流行の柄である。

「さっき寝たところだから」

「そうか。なんか、おれがいる時はいつも寝てるような気がするなあ」

それはお初が泣いている時、おまえさんが寝ているからだと、思わず当てこすりを言いそうになったが、ぐっとこらえる。

「ね、おまえさん……さっき呂香さんから聞いたんだけど」

「なんだ？」

「ヨハン、他の席で鳩使ったりしてるって、知ってた？」

「ああん？　さあ、な」

あいまいにもごもご、目がパチパチしている。

——これは、知ってたみたいね。

「なんか、あるのかしらね」

「さあ、な。知らねぇよ」

——おやおや。

何か事が起こらなければいいけど。

ねえ、お初。

二

——そういうことになったのか。

長屋で文机を引き寄せた彦九郎のそばに、するするっと真っ黒な影が寄ってきた。

「なあ、筆之助《ふでのすけ》。おまえ、やっぱり五郎太さまには遠慮があるのか。同じ血を引いているのに」

五郎太は、尾張徳川家代々のご嫡子《ちゃくし》の幼名だ。一方、筆之助は、現在の当主である慶恕公の幼名、秀之助に肖《あやか》って付けた名であった。

「名前に遠慮しなくていいんだぞ」

筆之助が文机に乗って丸まった。まるで置物のようだ。

白猫の五郎太が、長屋と清洲亭を悠々と行き来しながら縄張りにしているらしいのに引き換え、筆之助の縄張りはどうやら狭そうだ。

分家からご養子に入った慶恕公は、ご苦労なさっているのかもしれないなどと思ったりするが、まあそれは、今の彦九郎にはとりあえずかかわりのないことである。

——さあて、天狗師匠にどう伝えるかな。

ひょんなことから、妙に深く首を突っ込んでしまった、寄席や噺家の世界。そもそもは、天狗の息子である木霊が川で溺れていたのを彦九郎が助けたのが発端だった。

あの後、清洲亭のおかげで立ち直るかに見えた木霊だったが、結局女郎への未練が断ちきれずに破門、加えて勘当という厳しい沙汰を突きつけられ、今では僧侶見習いの身の上である。

昨日、清洲亭で九尾亭一門の話を聞かされた。一部始終を話し終わった秀八は、最後にこんな言い方をしていた。

「お救い小屋で子どもや年寄り相手に噺やったりしてるのを、何度も見やして。手前としちゃあ、なんとかして天狗師匠のお許しを取り付けて、もう一回高座に上がってもらいてぇんですがねえ」

——あのお席亭は、よほど木霊を買っていると見える。

師であり、父でもある天狗。その人は今、ひっそりと隠れて、品川で養生中なのだが、なかなか、いつまでも隠れていてもらうわけにはいかないようだ。

「……ぐるるる、ぐるるる」

筆之助が喉を鳴らす音がする。

——早速、明日にでも訪ねてみるか。

翌日、手習い所から子どもたちが帰って行くと、彦九郎は天狗が隠棲《いんせい》している木槿庵《むくげあん》の離れへと足を運んだ。

「まあ先生。ようおいでくださいました」

迎えてくれたのは、天狗の女房、つまり木霊の母である、お幸《こう》だ。天狗がここで暮らすようになってしばらくして、根岸から移ってきたお幸は、もとは深川で芸者をしていたといい、今でも着物の着こなしなどがどことなく、ここらの女たちとは違って粋である。

「このところ具合がいいらしくて、退屈しているんですよ。さっきも、先生が来てくれるといいのに、って言っていたところです」

「そうですか。それはうれしい。早速お邪魔いたします」

体の調子が良いと聞けば、まずはほっとする。話の糸口も見つかりやすいだろう。

座敷へ行くと、天狗は文机と脇息《きょうそく》に体を支えられながら、何か本を読んでいた。

「ああ、先生。ようおいでくださいましたな」

「書見の最中でしたか。お邪魔してすみません」

「いえいえ。大橋さまから届けてくださったこれが、とても興味深かったものですから」

「ああ、やはりそれを」

天狗の手元にも『安政見聞誌』があった。

「浅草や深川はひどかったようですね。あのあたりは、住んでいる役者や芸人も多いので」

「そのようですね。いったん江戸を離れて、よそを回っていた方も多かったと聞きます。まあ、だんだんと寄席も再開したところが増えましたし、芝居の方も、先月市村座が開きました。中村座も今月中に開けると言っているそうですよ」

「それはいい。芝居のない江戸は、江戸じゃありませんからな」

天狗はそう言って、口元にちょっと皺を寄せて笑った。

「そういえば、根岸のお宅の方は、今は」

「ええ、礫に任せっきりにしてしまって、いささか気の毒なのですが」

「礫さんから、何か便りはありますか」

「いいえ、特に何も」

やはりそうだ。二つ目の礫は、一門から持ち込まれるあれやこれやを、全部堰《せ》き止めているのだろう。天狗に余計な気を遣わせたくないという最後の弟子の思いが健気《けなげ》だ。

——なんだか申し訳ないが。

そうは言っても、いつまでも棚上げというわけにもいくまい。

「三代目」

こう呼びかけると、天狗の目が急に鋭くなった。清洲亭での最後の高座のあと、ここで養生するようになってから、「師匠だの三代目だのと呼ぶのは止めて欲しい」と言われていたのは、もちろん百も承知である。

あえてその名を使ったこちらの意図を、察したに違いなかった。

「先生。もしかして、何か起きていますか」

「仰せのとおりです。お耳に入れないわけには……」

「そうですか。……では、心して拝聴いたしましょう」

彦九郎は、慎重に言葉を選びながら、秀八に聞いたこと——ただし、現在木念である木霊のことには触れずに——を伝えた。

天狗が閑静な里住まいの根岸へ帰らず、わざわざ妻を呼び寄せてまで品川にいる理由。もちろん、あれこれ言ってきそうな一門やごひいきの目を避けたいというのが表向きだろうけれど、やはり、破門、勘当した息子の様子を、こっそり見守っていたいというのが本当のところだろう。

己の手で厳しい沙汰を下したればこその、後を引く未練。胸中奥深くにあるその心の糸には、他人がうかつに踏み込んではならない張り詰め方があろうと思うと、どうしても慎重になる。

「……というわけなので、まずは木霊の名についてはどうお考えでいらっしゃるか。それから、師匠が引退したと自ら公言なさったわけですから、天狗の名について、および、今後の九尾亭の元締め、まとめ役については、どうなさりたいご意向なのか。そのあたりは、それなりに、しかるべきところへお伝えになった方が、ご一門のおためかと」

こちらの言葉に一言も挟むでもなく、じっと聞き入っている天狗の様子に、彦九郎の腋《わき》からはじっとり汗が滲みだしていた。

「……どうも某のような三文戯作者が言う台詞ではありませんが、清洲亭のお席亭もご心配なさっていますし……いかがでしょう」

黙って目を閉じてしまった天狗に、彦九郎は困惑した。おそらく隣室にいると思われるお幸も、息を殺すようにしてこちらを窺《うかが》っているのだろうか、まるで音をさせない。

ちちっ、ちちっ。

鶯《うぐいす》の笹鳴《ささな》きだけが響き渡る。

——機嫌を損ねたかな。

声を荒らげたり、悪態を吐いたりということは決してない代わり、自分がしたくない話になるととことん、ただただ黙り込んでしまう御仁である。これまでにも、話題と時機を図りかねて、聞きたい話を聞けなかったことは何度かあった。

ちちっ。ちちちちち……。

「藪の鶯、飛び立って行きましたな」

長い沈黙を経て、ようやく天狗が口を開いた。

「本来、芸人や寄席の世界とはかかわりのない先生のような方に、かようにご心労をおかけするのは、たいへん申し訳ないことです」

ゆっくりと、しかし毅然《きぜん》とした口調は、まるで高位の武家のようである。彦九郎は「かかわるな」と叱声《しっせい》を浴びるものと覚悟した。

「やはり、手前も、いろいろと覚悟をしないといけないようですな……しかし、芸人の名前とは、やっかいなものです」

天狗は眉根を寄せた。

「自分のものでない者は、欲しいと思う。さりとて、自分のものにした者は、実はその重みに辟易《へきえき》するのですよ。抱えてみないと分からないでしょうが」

りん、と、文机に置かれてあった小さな鈴が鳴らされた。襖が音もなく開いて、お幸が三つ指を付いている。

「お茶、新しいのをお持ちしますか」

「うん。頼む」

夫婦の呼吸《いき》に圧倒される。

どうぞと差し出された湯飲みが、手にちょうど心地よい熱さなのを感じながら、彦九郎は喉を潤した。

「牛鬼か狐火に四代目をですか……。確かに、そういう声が出てくるのは、そうでしょうね。襲名っていうのは、何か世間さまの心を惹《ひ》くものがあるようです」

天狗はゆっくりと話し出した。まるで、これから一席始まるような気がして、彦九郎はその佇《たたず》まいに、思わず惹きつけられた。

「枕 詞《まくらことば》に襲名と付くと、役者でも噺家でも、常日頃は芝居にも寄席にもあまり行かないような方が、そんなことがあるなら一つ行ってみようか、なんておっしゃってくださる。名前を継ぐというのは、お客さまを一人でも二人でも増やすための、先人の知恵なんでしょうな」

そう言って天狗は湯飲みに手を伸ばした。ごくんと喉が動いて、いくらかほっとする。

いつだったか、高座に出ている湯飲みは、あくまで湯気で口や喉を湿すためのものであって、実際に飲んだりはしないものですよ、と教えてくれたことがあった。人によっては、前座や二つ目の淹れてくれた茶なんぞ飲めるかという人もあるという。理由は「どう恨みを買って、何を入れられているか、分かったもんじゃないから」なんだそうだ。清洲亭で見ている分には楽屋も袖ものどかそうだが、場所や顔付けによっては、そうばかりでもないらしい。

「しかし、牛鬼さんがそんなことを言いだしているとは。別に木霊の名なんぞ、誰がどう付けてもいいようなものですが、やはりそうもいかないんでしょうな」

「三代目は、前名は木霊ではありませんよね」

「ええ。手前は礫を名乗っておりました」

礫。なるほど、それをもらったのが今、根岸の留守を預かっている若者ということだ。

「兄がおりましたからね。兄はまだ十にもならないうちから高座に上がって、皆からかわいがられて。手前はむしろ、そんな父や兄に背を向けたい気持ちの方が強かったですよ、若い頃は」

「背を向けたいとは。噺、お好きではなかったんですか」

「どうでしょう。気づけば周りは皆芸人ばかりのところで暮らしていましたからね。ほんの子どもの頃は、自分も兄といっしょになって、訳も分からず何度か高座へ上がってましたよ。好きか嫌いかなんて、考えてみたこともなかった。ただ、兄がちやほやされるのをずっと見ていたので、自分は大人になったら他の所へ行こうと思ったんです。どうせ何をしても兄には勝てっこない。だったら同じ生業はやめておこうってね。義太夫語りにしようか、講釈師にしようかって」

「義太夫に講釈ですか」

「ええ。とりわけ義太夫はかなりやったんですが、その頃の師匠についてあちこちの劇場に出入りしているうちに、ちょっと違うように思えてきて」

「違う、とおっしゃいますと」

「まあ、当時の師匠が、竹本、つまり芝居の方の義太夫語りだったからなんですが。同じように義太夫と言っても、語りと三味線だけで聞かせる素浄瑠璃《すじょうるり》や、人形操りと組んでやるのだったら、語りの太夫が主役です。ですが、芝居の方になると、主はあくまで役者。むしろ義太夫にも、役者の動きにどれだけ合わせられるかが求められる。師匠なんて、見事なもんでしたよ。役者の動きの間合いを読む呼吸は」

なるほど。こうした話はなかなか聞く機会がない。彦九郎はうなずきながら聞いていた。

「ですが、手前もやはりカエルの子はカエルで、自分の好きに語りたい血が流れてたんでしょうな。役者に合わせるってのがどうしてもできなくて。で、結局やめちまったんですよ。もうその時には二十歳《はたち》を超えてましたからね」

　そうだったのか。

　てっきり、幼い頃からずっと噺をやってきたものと思っていたので、義太夫の話は存外だった。道理で芝居に詳しいはずである。じっくり語る芸風で、人気が出たのが遅かったというのも、そのあたりとかかわっているのだろう。

「昔から、兄に比べると意気地も思い切りもないんですよ。講釈師もいいなと思いましたけど、二十歳を超えてからよその師匠に入門を頼もうってほどの度胸もなくてね。で、結局父に弟子入りして。ふがいないもんです」

　思い出すことが多いのか、天狗は何度も苦笑しながらそう言った。

「親父も、手前にはそう期待していなかったと思いますよ。もう兄はずいぶん人気になっていましたしね。兄さえ長生きしてくれていれば、手前もずいぶん芸人としての来し方が違っていたでしょう」

　二代目。大橋の隠居をして「今の私があるのは二代目のおかげ」と言わしめる、いわば伝説の噺家だ。

「兄が早死にして、手前に襲名の話が出た時は、これはたいへんなことになったと思いました。正直、手前なんぞよりずっと腕の立つ人が何人も一門にいましたよ。牛鬼さんなんかは、まさにその一人だ」

「牛鬼さんは、三代目のすぐ下の弟弟子ですよね？」

「ええ。でも入門は三日ほどしか違わないんです。あちらはまだ十四、五でしたから、歳は十近く向こうが下ですがね。あの人は物覚えがいい上に稽古の虫ときてましたから、ね、上手いし、持ちネタも多くて。手前なんぞ、一応『兄さん』と呼ばれてましたが、あの頃、芸では足元にも及ばなかった。だから、三代目襲名の時は、ずいぶん不快だったんでしょう。なんであんなのがって、きっと思っていたんでしょうね。とんでもない嫌がらせをされたこともあります」

「嫌がらせ、ですか？」

「ええ。一度、道具入りで手前がトリだった時に、牛鬼さんが仲入り前だったことがありましてね。襲名してすぐの頃です。こっちがやる心づもりにしていた噺を、素噺《すばなし》でやられたことがあるんですよ」

素噺。道具や鳴り物など、芝居にも似た仕掛けを凝らした噺に対し、そうしたものを使わず、扇子と手ぬぐいだけでやる噺のことを言う。

「道具入りでされていた頃があるのですね」

「ええ。芝居に憧れるようなところもあったんでしょう。でも、趣向を凝らして用意していたのに、その前に牛鬼さんが同じ噺を素噺で落ちまでやっちゃうわけですから。慌てたなんてものじゃなかったです。青ざめているところへ、牛鬼さんは〝あ、兄さんすみません、まちがえちゃった〟なんて平然と言いながら下りてくる。もちろん嘘に決まってるでしょう」

「で、どうされたんですか」

「腹は立ちましたがね。でも、そこで怒ってもしょうがない、お客さんはそこにいる、出番は迫っている。で、拵えたんです」

「拵えた？」

「ええ。その時の書き割りの絵や仕掛けに合うような、別の噺を」

「その場でですか？」

「もちろんです。膝の芸人さんに、ちょっと粘って時を稼いでもらってね」

「それは……」

いくら稼いでもらうと言っても、限度がある。仲入りと合わせても、せいぜい半時（約一時間）くらいだろう。

「まあ、あっちこっちつぎはぎだらけの、ひどい噺でしたけど、どうにか形にしましたよ。ただ、おかげで、自分で噺を拵えることもできるようになって、結局手前には強みの一つになりましたから、芸で仕返しができたと、密かに思っておりました。牛鬼さんも、以来、そうした嫌がらせはしてこなくなりましたよ」

天狗の来し方の話が面白くて、彦九郎は肝心のことを聞き忘れそうになった。

「で、三代目、その……」

「ああ、そうでしたね。さあて、どうしたもんでしょうね」

聞く限り、牛鬼は人柄がいささか剣呑《けんのん》なのではないか。芸がいくら良くても、一門の長たるべき人には、人品骨柄も必要ではないのか。彦九郎がそう思いかけていると、まるでこちらの胸中を見透かしたように天狗が話しだした。

「牛鬼さん、決して性悪ではありませんよ。ただ、ちょっと芸熱心過ぎて、人にも自分にも厳しいところがあるだけです。だから人に教えるのはとても上手い。出し惜しみのない人です。ま、それを、あんまり容赦がないって、恨んでる人もあるようですが」

なるほど。そういう御仁か。

「そうですか。狐火さんはいかがですか」

「ああ。あいつは――いや、あいつなんて言っちゃいけませんが。狐火のことは、こんな小さい頃から知ってましてね、つい」

天狗は目を細めた。

「ああいうのを、きっと天性の芸人ってんですよ。楽屋に出入りしてた床屋の倅で。兄がとてもかわいがって。何でも、ちょっと見聞きしただけでぱっとできてしまう、器用な子でした。加えて愛嬌がありましてね。兄だけじゃない、誰からもかわいがられてましたよ。ただ」

「ただ、なんでしょう」

「自分がなんでもすぐできてしまうせいでしょうか、人に教えるのは上手くない。だからもう何人も弟子がいるのに、誰一人としてぱっとしない。聞いたところでは、弟子を、つい甘やかしてほったらかしているようです。下手くそに付き合う根気がないんでしょうね」

そうなのか。

さて、じゃあ、どっちが良いものやら。

「二人とも、天狗なんぞ襲名しなくても、むしろ今の名を自分で大きくできる人たちなんだが……。世間さまには、それでは済みませんね」

天狗の肩が小刻みに揺れ始めた。息が荒くなっている。

「だいじょうぶですか。どうぞ横になってください。すみません、つい調子に乗って、たくさんお話をさせてしまいました」

「いいえ、いいのですよ。ではちょっと失礼しますが、先生」

「はい」

「こんな提案はどうでしょうね。お席亭たちに、伝えていただけますか」

体を横たえて少し休むと、天狗はそのままの姿勢で、懸命に自分の考えを語り続けた。

——ほう。そんなお考えをお持ちとは。

淡々となさっているようで、存外、なかなか策士だな。

やはり芸人として長くやってきているだけのことはある。

彦九郎は一言も漏らさぬよう、筆を忙しく動かした。

——これは面白いことになりそうだ。

帰途についた彦九郎の懐には、秀八が聞いたら目を回しそうな案が仕舞われていた。

三

四月も今日で仕舞いという日、秀八は弁良坊とともに日本橋まで来ていた。

「いやあ、賑やかですね」

「なんたってここの人形市は見物ですよ」

端午の節句の前とあって、幟《のぼり》や冑《かぶと》人形、菖蒲刀《しょうぶがたな》などを売り買いしようとする人が大勢あふれかえっていた。青空に高々と幟が翻《ひるがえ》っているのを見ると、思わず買って帰りたくなる。

——お雛《ひな》さまもいいが。

生まれてきたのが男の子だったら、今頃こういった物を買う気でここらを訪れていただろうか。

――まあでもやっぱり。

女の子がいい。この先ずっと、いろいろと飾り立ててやる楽しみがある。初節句はすんだから、次は三歳の髪置《かみおき》、それから七歳で帯解《おびとき》。まてまて、六歳は稽古はじめっていうよな、踊りでも習わせたりしたら、おさらい会やら浴衣会やら……楽しみだ。

――しかしいつか、誰かのとこへ嫁に行っちまうのか。

自分とおえいの子だ。絶対気立てのいい、かわいい娘に育つに違いない。そうしたらきっと、降るように縁談があるだろう。大店の若旦那なんかが見そめて「もらいたい」なんて言ってくるかも知れない。

「やらねぇぞ」

「どうかしましたか？」

つい口に出てしまった独り言に、弁良坊が怪訝《けげん》な顔をしている。

「あ、いや、や、槍《やり》もいいな、槍を持った人形なんてのもあるんだなぁと思いやして」

「一番槍の武者人形ですね。こんなに賑わうんだなあ、このあたりは」

人込みを抜けて末広に着くと、「どうぞ中へ」と座敷に通された。

「弁良坊先生、清洲亭さん、お着きです。先生は、四代目のご名代ということで、お手紙をお持ちくださってます」

末広の席亭が、その場にいた者に二人を引き合わせた。先に来ていた浜本の席亭と目が合い、軽く頭を下げる。

——お、なんだ、ずいぶん婀娜《あだ》な年増《としま》がいるじゃないか。

銀鼠《ぎんねず》の縮緬《ちりめん》に黒繻子《くろしゅす》の帯をゆったり締めている。抱え帯の緋縮緬が目も覚めるほど鮮やかで、ぐっと抜いた衣紋《えもん》から伸びた白い項《うなじ》が、ぞくっとするほど色っぽい。

「はじめまして。紅梅亭《こうばいてい》の源四郎《げんしろう》です」

「あ、ど、ども」

紅梅亭と言えば神田の寄席で、秀八も何度か行ったことがあるが、こんないい女の席亭だったろうか。それに事もあろうに名を源四郎とは。

「ちょっと前に代替わりしまして。父に代わって、今あたしが席亭です。源四郎っての は、代々うちの席亭が名乗ることになってます。お見知りおきを」

「それはそれは。こちらこそ、本当は場違いな者ですが、どうぞよろしく。時に、源四郎というのは、何かご由緒のあるお名前なんですか」

へどもどしてしまった秀八に代わり、弁良坊が如才なく受け答えしたが、「ご由緒」と言ったところで、居合わせた人たちから意味ありげな笑いが起きた。

「あら、こちらの先生、面白い方ね、源四郎、ご存じないんだ。じゃ教えて差し上げますけど、源四郎ってのはね、この世界の言葉で、入った客の数を実際より少なくごまかして、芸人に渡す給金の上前をこっそり撥《は》ねちまうって意味なんですよ」

「おやおや。それはあこぎですね。しかし、そんな名をあえて名乗るというのは面白い」

「そ。まあ、洒落《しやれ》ですよ……もちろん、本当にそんなまね、しやしませんけどね」

そりゃあそうだ。

「さて、あとは御禊亭のお席亭と、大橋のご隠居ですが……あ、おいでになりましたね」

両国の御禊亭は、秀八の知る限り、もっとも客席の広い寄席である。

「これで、全員おそろいです。牛鬼さんと狐火さんには、別室でお待ちいただいています。大橋のご隠居には、今日の談合の立会人になっていただくことにしました。皆さん、よろしいですね」

日本橋の末広、神田の紅梅亭、両国の御禊亭、芝の浜本。どこも江戸では知られた寄席だ。

――おれだけ、ちょっと場違いだな。

名の売れ方、年季、客席の広さ。どれをとっても、清洲亭だけぐっと下がる。なんだか心細くなってきた。

――なんで呼ばれたのかな。

来る前に弁良坊に聞いてみたのだが、「皆さんおそろいのところでないと明かせません」と突っぱねられてしまった。

「それでは先生、どうぞよろしくお願いします」

弁良坊が懐から書状を出して広げようとしていると、御禊亭の席亭が「ちょっと待ってくれ」と声を上げた。

「なんでこのお武家さんが三代目の名代なんだ。だいたい、今三代目はどこにいなさるんで？」

御禊亭の席亭は弁良坊と秀八とを胡散臭そうに睨《ね》めつけた。

「や、ええと」

言いよどんでしまった弁良坊に助け船を出したのは、大橋の隠居だった。

「三代目は今、心の臓が弱っていて、養生中です。医者との相談で、直接会って話して良い相手も、おかみさん、滞在中の宿の主人、私、そしてこちらの先生と限られておいでだ。居場所を秘していなさるのは、面倒を持ち込まれて、病が悪くなるのを避けるためですよ」

紅梅亭の源四郎が「面倒、ね」とつぶやいた。

「……と、そういうわけです。某も、浪人風情がこんな大役で恐縮ですが、皆さんどうかこらえてください。では、申し上げます」

弁良坊が書状に目を落とした。

「一つ。まず始めに、ともかく礫さんを悪く言わないでやってくれ、とのことです。すべて三代目のご意向どおりにしていたことで、礫さんのお考えから出たことは一つもない。根岸のお住まいに礫さんがずっといるのも、留守を預かってもらっているからで、何も勘当された三太郎《さんたろう》の後釜になんて、互いに決して考えているわけではない。根も葉もない噂で、礫さんを責めるのは筋違いだと」

三太郎──木霊の本名だ。天狗が「木霊」と言わずに三太郎と言ったらしいのが、秀八にはどうにも切ない。

「二つ。木霊の名については、四代目天狗を継ぐことになった者に、その扱いを任せるものとする。とのことです」

居並ぶ者がいっせいに前のめりになる。じゃあその四代目は誰になさろうってんだ。

「三つ。四代目については。お客さまからの点取りで決めるものとする」

「点取り？」

「客の？」

席亭たちがついざわついたので、弁良坊はこほん、とわざとらしく咳をした。

「芝浜本、日本橋末広、神田紅梅亭、両国御禊亭、品川清洲亭」

自分の席の名が呼ばれて、つい背筋がぴんと伸びる。

「この五つの席において、この順に、各席八日ずつ、四代目争い興行を行ってもらうよう、お席亭にお願い申し上げる」

「四代目争い興行……」
「そりゃあ面白そうだな」
――面白そうだが――いったいどうなさろうってんだ。
「牛鬼と狐火は毎日出勤し、一日交替で仲入り前とトリをつとめる。ネタは続きもので
も一席ものでも良い」
ということは、一日目、牛鬼が仲入り前だったらトリが狐火。二日目、狐火が仲入り
前でトリが牛鬼。これを交互に八日間だ。
――なんて豪勢な顔付けだ。
清洲亭にはまだ二人とも一度も出てもらったことがない。秀八はなんだか総身に震え
が来るようだった。
「ご来場のお客さまは、一度のご来場につき一点、二人のうちどちらが四代目にふさわ
しいか、入れ札で示すことができる。もちろん、どちらにも入れずにお帰りいただくの
もよしとする。各席の楽日ごとに、どちらの勝ちであったか披露目をしていただく」
「入れ札……」
「客なら誰でもってことかい」
「いったいどうやって」
「ええ、もう少し続きがありますので、聞いてください」

弁良坊が声を張り上げた。

「二人にはなかなか骨の折れることと思われるので、この興行については、夜席のみとしてもらいたい。また、すべての前座に、礫を使ってやってほしい。噺家以外の顔付けと、入れ札の方法については、それぞれの席亭にお任せする。以上です」

「面白いじゃないか」

「客が呼べそうだねぇ。うちには異存はないよ」

浜本や紅梅亭はにやにやし始めたが、御꽨亭の席亭が「ちょっと待て」とその場を制した。

「うちと末広、紅梅亭、浜本は分かる。だけど、なんで清洲亭なんだ」

座がしんとなった。

「こう言っちゃあなんだが、格が違い過ぎるじゃあねぇか。客席だって狭いって聞いてる。しかも清洲亭が最後ってことは、もしそれまで二対二で勝負が五分だったりしたら、間違いなく札止めの大入りになる。そんな大一番、ちゃんと捌《さば》ける席なのかい？」

——何言ってやんでぃ！

秀八は思わず膝立ちになってしまった。

「お、お言葉を返すようですが」

ぐっと胸をそらし、声を張り上げる。

「確かに年季も浅い、小さな寄席でござんすが、お客さまのおとり捌きについては、抜かりなくやらしていただきやす。ご迷惑かけるこっちゃありやせん」

「ふうん。しかし、品川じゃあ、旅で来てる田舎の一見《いちげん》さんなんかも多いんだろう。そんな素人客にこんな大事な入れ札させるの、どうもおれは気が進まねぇ。見巧者《みごうしゃ》の集まる市中の席だけでやる方が……」

「ってやんでぃ！」

素人客、という言葉に、秀八はついかっとなってしまった。

「客に素人も玄人もねぇ。木戸銭さえ払ってくだされればどんなお方だって大事なお客さまだ。それが芸人や席亭の了見ってもんでしょう」

ずんぐりと猪首《いくび》の席亭は、目だけぎょろっと動かしてこっちを見ると、鼻で嘲笑《あざわら》った。半ば白髪の鬢《びん》の縮れ毛の下で、しゃべるたびに首の肉がだぶつき、皺になっている。そんな見た目の貫禄なんぞで引き下がるほど、こっちだってヤワじゃない。

「それとも、御禊亭さんは、お客さんをいちいち選り好みなさるんですかい」

ぎょろっとした目がいっそう見開いた。

「何を、この生意気の新参者のすっぱらげっちょが。三代目が行きがかりで一世一代をやったからって、大きな顔すんじゃねぇ」

秀八のこめかみで血の脈が早鐘のように打ち出した。

「大きな顔たあ何だ、このちょこれんびんのあんけらそ！」

まあまあ……と、末広の席亭と弁良坊が割って入ってくれていなかったら、秀八は間違いなく相手の胸ぐらをつかみにかかっていただろう。

「まあこうなったら私が申しましょう」

大橋のご隠居が見かねて切り出した。

「委細をご存じない方もあるかと思いますが、三代目は破門した木霊さんの件で、清洲亭さんとこちらの先生には、大変恩義をお感じになっているのです。そこはどうぞ、ご配慮願いたい」

「ふうん、そうですかい。まあそういうことなら」

御禊亭の席亭はこちらを一度見やって、ようよう引き下がった。

「では、そういうことで。牛鬼さんと狐火さんにも入ってもらって、これからの日取りをご調整願います」

襖が開き、牛鬼と狐火が神妙な面持ちで入ってきた。

「あの、あたしは別に、四代目にならなくたっていいんですが。なんなら、牛鬼師匠、どうぞ」

明朗な声で軽くそう言ったのは、狐火だった。

――おいおい。

せっかく面白くなろうってのに。

牛鬼がぎょろっとした目で狐火をにらみつけた。

「そういうおまえさんの態度が、あたしは前から気に入らないんだ。芸や名を受けつぐってのは、大事なことでしょう。あたしはこの興行、大変名誉、意気に感じておりやす。こんなのさせていただけるなんて、芸人冥利《みょうり》に尽きる。狐火さん、勝負、ちゃんと真剣に、受けてくださいよ」

「はあ、そうですか。あたしはあんまり好きじゃないんですがねぇ。そういう面倒くさいのは。噺なんて別に、それぞれが楽しかったらいいじゃないですか」

一方、その名の通り、涼しげでちょっとつり上がった切れ長の目をした狐火は、まったく意に介する様子がない。

「まあまあ。三代目のお決めになったことです。狐火さん。人気者の背負うべき任と思って」

「そうですかぁ。じゃあしょうがないなあ、やらせていただきましょう」

二人を交えてそれぞれの席の日取りが決められた。

六月上席　一日から八日まで　浜本
七月上席　一日から八日まで　御禊亭

八月上席　一日から八日まで　末広
九月上席　一日から八日まで　紅梅亭
十月上席　一日から八日まで　清洲亭

他と分かりやすいように、すべて上席で組むことで相談がまとまり、帰途につこうとしていると、浜本の席亭が秀八のそばに寄ってきた。

「面白いことになったな」

「ええ。今から気がわくわくします」

「まあそれはそれなんだが、ちょっと気になることがあるんだ」

「なんでしょう」

「実はな。ヨハンに五月の中席を頼んであったんだが、今になって断ってきやがった」

「断ってきた？」

「ああ。どうなってんだろう。何か知らないか」

「さあ、手前は何も」

「そうか。あいつが出てくれると華やかになっていいんだが……しょうがないな」

浜本を断るなんて、どういう了見だろう。しかも五月の中席なら、もうじきである。

「折があれば様子を窺ってみますが……」

「うん。頼む」

夕刻、清洲亭に帰ってきた秀八に、おえいが困惑顔で言った。

「あのね。昼間にヨハンが来て」

「ん？　ヨハン？」

「そう。で、六月の上席と中席、約束してたんだけど、どうしても出られそうにないから、すみません、て」

「なんだって？　何か理由を言ってたか」

「ううん、何も。どうしたんだろうね」

おえいが首をかしげている。それはそうだろう。

——どうなってるんだ、ヨハンのやつ。

せっかく、面白いことが始まろうってのに。

四

「ごめんなさい、翠姐さん、今のとこ、もう一度弾いてもらえませんか」

「いいよ、どこから弾こうか」

「〽今日ぞ雲井の眉とけて、からお願いできませんか」

「ああ、はいはい」

〽今日ぞ雲井の眉とけて　立《た》ち出給《いでたま》う千鳥の前……

六月のはじめ、おふみは清洲亭で翠に三味線を教わっていた。

今月は、下席のトリを弁慶がつとめることになっている。そこで、道具立て、鳴り物入りで〈苅萱道心《かるかやどうしん》〉をやりたいと弁慶が言い出した。

先月の末から、芝居の方では、市村座で〈苅萱桑門筑紫 轢《どうしんつくしのいえづと》〉がかかっている。この演目はもともとは人形浄瑠璃としてできたものらしいが、今では芝居でも人気のあるものだ。

ただ、本来五段あるのだが、今芝居で演じられるのはだいたい三段目の、お家の家宝をめぐる騒動「守宮酒《いもりざけ》」の段と、若君が出家した父と再会する五段目の、「高野山《こうやさん》」の段ばかりだ。そもそもの物語の発端である、お殿さま――加藤左衛門 尉 繁氏《かとうさえもんのじょうしげうじ》が、正室と妾の本心を知って仏門に入ろうと決心するあたりは、めったに演じられない。

弁慶はこの発端のところを噺として拵えており、以前にも清洲亭でかけたことがある。それが面白かったというので、弁良坊が秀八と弁慶に「道具入りでやってみたらどうですか」と持ちかけたのだ。

それならということで、三味線を翠が工夫した。せっかくなので、翠にも膝で出てもらい、三味線はおふみと翠、二丁で派手に入れることになって、今おふみは翠から手を教わっているところである。

——このお姐さんのお三味線は、本当に良い音がする。

水の流れや風の音、暗闇や月明かり、舟の動きや人の呼吸、そんな模様が見えるような音。

三味線はよく「模様を語る」などと言う。唄や語りの言葉の背景を描くのだ。

とはいえ、女郎屋の座敷で弾いていた頃は、唄や語りの中身以上に、その場のお客さんの機嫌の方が大事だった。もちろん中には芸事の好きな、粋な旦那がいることもあったけれど、やはり色里は色里で、仮に女郎や客からしっとりした曲を頼まれても、あんまり気を入れすぎてしっとり弾きすぎると、座をしらけさせてしまうというようなこともあった。

しかし、清洲亭で弾くようになってからは、芸人の言葉によく耳を傾けないといけなくなった。踊りの地方《じかた》を頼まれる場合でも、その前にどんな話をしていたのか、ちゃんと聞いていないと、呼吸が合わない。

「あ、おふみさん、今のとこは、指、糸を渡らないで。ツン、テン、ツン、ツン、シャン。あ、そうそう」

教わっているとあっという間に時が経つ。

「あぁら、ずいぶん弾いていたわね。ちょっと休みにしましょうか」

糸を押さえる、左手の人差し指の先がじんじんする。棹から離しても、そのまま絹糸《けんし》の感覚が残るようだ。

「でもまさか、こんな噺の鳴り物を、自分が息子のために弾いてやるなんてね。思ってもみなかったわよ」

翠がにやっと笑った。

「今でも、この噺、お嫌いですか」

若い頃、とある役者の妾であったという翠。表向きは仲睦《なかむつ》まじそうな正室と側室とが、心底では激しく嫉妬の炎を燃やしていて、それが蛇の形に影をなして……というこの噺は、来し方の嫌な思いを蒸し返すようだというので、弁慶に「やらないでほしい」と言っていたのだそうだ。

「ええ、嫌い。大嫌いだね。こんなおどろおどろしいの」

さっきまで良い音をさせていた手を頭の上にかざして、翠は手でぐるぐると、蛇の形を作って見せた。

「まあでもね。こんなのが、息子の芸の肥やしになるなんて、何の因果だか。敵を取ったと思うことにしたわ。江戸の敵を長崎、なんてね」

「敵、ですか」

「そう。あたしがさんざん嫌な思いをしたことが、きっと転じていい報いになって返ってきたって」

こういうさばさばした物言いが、おふみにはうらやましく、好ましい。ついつい考えすぎ、物事を悪い方へ悪い方へと受け取ってしまいがちなおふみにとっては、まぶしいような先輩だ。

「そうそう、おふみさん、一つお願いがあるのよ」

「はい。なんでしょう」

「おまえさん、天狗師匠の〈お富与三郎《とみよさぶろう》〉の鳴り物、できるでしょう?」

「え、ええ、まあ」

できると胸を張って言っていいかどうか分からない。一応、天狗の指示をなんとかこなしてつとめたことがある、というほどのことだ。

「点取りみたいなもの、持ってる?」

「はい、ありますよ」

点取りとは、噺の筋立てや登場人物の素性や立場、進み具合と台詞や所作の決めごとを、覚え書きに書き留めたものだ。噺家によっていろんな書き方がされているが、鳴り物を頼まれる時は、それをこちらの分かりやすいように書き写させてもらうことが多い。

この台詞のあとに三味線のこんな手を入れるとか、ここで語りの邪魔にならないくらいの声でこの唄を唄うとか、この台詞が聞こえたら三味線を止めるとか、ようは、自分であつらえた、噺の台本みたいなものである。

「今度、教えてくれないかしら？」

「〈お富与三郎〉をですか？　それはまた……」

——翠姐さんが、〈お富与三郎〉を？

おふみはおやっと思った。

御伽家と九尾亭。同じ噺家といっても、一門でそれぞれ特徴がある。御伽家はどちらかというと、滑稽で明るい噺をさらっと演じていく人が多いようだ。

もちろん、このところ、御伽家でも文福や竹右衛門ら、怪談噺や芝居噺などの長い続きものを手がける人が増えているし、九尾亭でも滑稽なものの得意な人がいることはいる。猫又なんかはそうだろう。

ずいぶん昔からあって、似たような筋立てや趣向でよく知られている噺だと、どちらの一門に列《つら》なる噺家でも手がける。

だが、それぞれの一門を代表するような先達が拵えた噺は、同じ一門でないと受けつがないのが普通だ。だから、〈お富与三郎〉を、御伽家である弁慶が手がけるとは考えにくい。もしやれるとしたら、一門の一番上に立つような人、今だったら二代目の天狗から特別に教わって許しを得れば、のことだろう。

ちょくちょく清洲亭にも出ている、玉虫世之介も〈お富与三郎〉と名のつく演目をやるが、これはあくまで世之介が役者の声色を真似して、芝居のもどきとしてやるもので、九尾亭に伝わる噺として作られている〈お富与三郎〉とは、取り上げられている場面なども全然別のものだ。

――いつのまにか、私も勉強させてもらったな。

こんなことは、女郎屋の座敷に出ている頃はまったく知らなかった。その代わり、あの頃は、旅人たちからいろんな珍しい唄を聞いて教わっていた。今となっては、いわばどちらもおふみのお宝のようなものだ。

――ちょっとは、芸人らしくなってきたのかもしれない。

「あんた、腕はあるのに、芸人らしさが足りないね。下座は顔が客に見えないとはいえ、それじゃあだめよ」――実は以前、翠から、会って早々にこんなことを言われたので、おふみはちょっと気にしていた。

「じゃあ、思い立ったが吉日。一度うちへ戻って、点取り、持ってきます」

「あら、それは悪いわ」

「いいえいいえ。いいんですよ、私もやりたくなってきたから」

おふみは腰を浮かせかけて、ふと、口に出してしまった。

「でも、なぜ……」

言いさして、もしかしたら、聞いてはいけないのかもしれないと慌てて口を閉じた。

「なぜあたしが急に〈お富与三郎〉を、って、そう言うんだろう？　まあそう思われちまうのは当然なんだけど……しばらく、聞かないでくれるかい？　ちょっと訳ありなんだよ」

どんな訳？　と聞いてはいけないから、訳ありだ。おふみはもうそれ以上言わないようにした。

「分かりました。聞きません。じゃ、ちょっと待っててください」

長屋に戻ってみると、弁良坊のところで何やら人の気配がしている。なんとなしに覗いてみると、どうやら新助が来て何か話し込んでいるらしい。

——道具の相談かな。

いつも酔っ払っていて無口な新助と、弁良坊ではまったく水と油のように見えるのに、どうやら近頃この二人は気が合うようだ。

「おふみさん」

出し抜けに背中で声がしてびくっと振り向くと、お光だった。

「お光さん。お仕事？」

回り髪結いのお光は腕が良いらしく、ひいき先をいくつも持っており、いつ会ってもなんだかせわしない。人は至って好いのだが、おしゃべりが過ぎるので、時々面倒だなと感じることもある。

「ええ。次へ行く途中なんだけど、さっきのところで李《すもも》をたくさんいただいて。お裾分けにきたのよ」

なるほど、右手には髪結い道具、左手には李のたくさん入った籠を下げている。

「たぶんうちの人、先生のところにいるだろうと思って……こんにちはー。うちの人、お邪魔してますか」

「あ、開いてますよ。ご亭主もいます。どうぞ」

中から弁良坊の声がした。

「まだ仕事の途中なの、お届けに来ただけだから。良かったら食べてくださいな。ここに置いておきますね」

お光はさっと中へ籠を置いた。弁良坊が「いつもすみませんね」と言ったようである。

「おふみさん、風呂敷かなんか持ってない？」

「あるけど……」

懐から風呂敷を出すと、お光は籠から李をいくつか取って、包んでくれた。

「おふみさんもどうぞ」

「ありがとう」

差し出されたごろごろとした包みを手に、おふみはお光としばし、同道することになった。

「これから寄席？」

「ええ。ちょっと忘れ物を取りに来たの」

「そう……ね、おふみさん」

「はい？」

「おふみさん、先生のこと、好きでしょ」

「な、何を言ってるのよ」

「隠したってだめよ。あたしこういうことには聡《さと》いんだから」

顔から火が噴くのが分かる。

——なんなのよ、出し抜けに。

もうすぐ清洲亭へ向かう分かれ道だ。このまま黙ってやり過ごそう。

「あのね、おふみさん」

お光が足を止めた。

「年上だからとかって遠慮してたら、誰かに取られちゃうわよ」

「え？」

「うちもね、あたしの方が年上だけど。でも、あたしから言い寄ったんだから」

「私は、そんなんじゃ……」

「だいじょうぶ。あたしが見たとこじゃ、お二人はお似合いよ。清ちゃんだって懐いてたし。ただあの先生はどうも、そういうとこだけは鈍そうだから。さっさとおふみさんの方から言わないとだめよ。分かった？　本当にじれったい」

別れ際、お光が「じゃ、ね」と念を押した。

——そう言われても。

五

どぉん、どぉん、どん、どん、どん、どん、どん……。

六月八日の夜、秀八は芝の浜本にいた。

牛鬼と狐火が四代目天狗の襲名を競い合うというのは、早速人々の関心を集めていて、浜本は毎晩大入りだという。

楽日である今日は、客からそれぞれに入った点が披露されるというので、いっそう大勢が詰めかけ、入りきれずに断られ、諦めきれない客がちょっとでも中の様子を知ろうと往来へ列を作るというありさまである。

どぉん、どぉん、どん、どん、どん、どん……。

太鼓が鳴り続ける中、客席の後ろにしつらえてあった大きな白木の箱が二つ、舞台へと運び入れられていく。箱にはそれぞれ「牛鬼」「狐火」と、書かれている。この字は、弁良坊の字だ。

浜本では、木戸銭と引き換えに、「浜本」と焼き印を入れた小さな木札が客に渡され、帰り際にどちらかの箱に入れていくというやり方を取った。席亭と相談してこの箱を作ったのはもちろん秀八で、いずれ清洲亭に持ち帰ってくる心づもりである。

客が木札を投げ入れる口は丸く開けてあるが、上から蓋ができて鍵も掛けられる。誰もおかしな細工ができないよう、違う鍵が三つそろわないと開かない凝った仕掛けで、牛鬼と狐火と席亭、それぞれが一つずつ持っている。

「それでは、勘定、始め！」

席亭のかけ声で、磔が太鼓を一定の間を空けて刻むように打つ。太鼓に合わせてそれぞれの箱から木札が取り出され、升に入れられていく。

浜本の札止めは二百。八日間の興行だから、札の数は最大で一千六百。こちり、こちり……太鼓の響きとともに木札が升に入れられる。一個の升に入れる木札は十。

どぉん、どぉん。升が次第に積み上げられていく。

――良い勝負になってるだろうな。

清洲亭の六月の上席、中席は、思い切って休みにしてしまった。例年この夏の時季は、品川宿は祭りに人が集まり、寄席は客集めに苦労する。まして、近くの芝でこの興行があっては、なかなか清洲亭に来てくれる噺家もあるまいと思ってのことだ。

本当は秀八自身、毎日浜本へ見に来たいくらいに思っていたのだが、普請の仕事もまだ忙しい最中、さすがにそれは憚られて、初日と楽日だけ、足を運んだ。初日は留吉を連れて荷車に箱を載せて来たが、今日は一人である。

「百！」

両方の木札が百になると、太鼓がひときわ大きくどおんどおんと鳴らされ、さらに勘定は続いた。

席亭から聞いたところでは、二人ともトリでは続きものを、仲入り前には一席ものをやったらしい。続き物は牛鬼が〈お富与三郎〉、狐火は〈累草紙《かさねぞうし》〉で、いずれも聞き応えのあること、この上ない。

秀八は〈お富与三郎〉の発端と〈累草紙〉の終段を聞いたわけだが、それぞれ、その段だけでも面白いように工夫されていて、さすが、四代目の白羽の矢が立つ二人だけのことはあった。

「七百！」

どよめきが上がった。夜もずいぶん更けてきたが、もちろん、客は誰一人帰らない。

「七百五十……、七百六十……」

狐火の方を数えていた若い衆が「七百七十八！」と叫びながら大きく手を振った。

「八百……八百八！」

客席がいっそうどよめいて、揺れているようだ。狐火のひいきなのか、女客が「そんなぁ」と悲鳴を上げたかと思えば、牛鬼ひいきらしい旦那が「祝杯だ祝杯だ」と額の汗を拭いている。

——牛鬼さんの勝ちか。

両方を足しても千六百にならないのは、どちらにも入れなかった気難し屋な人も、十人ちょっとくらいいたという計算になる。

当の芸人二人は楽屋にいるのだろうか。出てきて挨拶でもするのかと思ったが、そういう段取りにはしていないのか、そのまま太鼓が、日頃と同じ、客を見送る音を鳴らし始めた。

——まあここで当人たちを人前に引っ張り出すのは気の毒だよな。

芸に点を付けられる。勝ち負けを付けられる。

十人十色、蓼《たで》食う虫も好き好き。寄席の芸なんて、本来、人それぞれの好みのものだ。

——三代目も、酷なことをなさる。

ふとそんなふうに思って、自分にも他人にも厳しそうな、当代天狗の骨張った風貌を思い出した。

清洲亭の席亭としての二人への挨拶は、初日にしてあるので、あえて今顔出すのもと思い、若い衆の一人に「今日はこれで失礼するって、お伝え願えやすか」と声を掛けた。

「あ、清洲亭さんいらしたらちょっとお待ちくださるようにって、うちの席亭が言ってましたが」

――なんだろう?

「呼び止めてすみませんね」

姿を見せた席亭と、今日の点の話などを二言三言話し合うとやがて、「清洲亭さん、ご存じですか」と改まって切り出され秀八は身構えた。

「なんでしょう」

「ヨハンですがね」

ヨハンか。もうずいぶん顔を見ていない気がする。

「今ずっと、越勘《えちかん》に出ているらしいです」

「越勘?」

「ご存じないですか、近頃麻布《あざぶ》にできた寄席ですよ。主が越前屋勘兵衛《えちぜんやかんべえ》って人だってんですが」

そうなのか。ちっとも知らなかった。

「何か聞いてませんか」

「いや、何も……」

「そうですか。うちはまあともかく、ずっと世話になってきた清洲亭さんにも出ないで、新しいところへばっかり出るっていうのは、どうも感心しねぇって。ただどうもあそこ、芸人の集め方が強引だ。噺家なんかでも、ヨハンと同じようなことをしてるやつがいるようで。なんかあるんでしょうかね」

「さあ」

　そう言われても、その寄席の名をはじめて聞くくらいだから、秀八には何も答えようがない。

　しかし、ヨハンがもう当てにできないとなると、また色物に困る。せっかく戻ってくれた円屋の二人は、地震のせいで「おめでとうございます」が言いにくくなって、またぞろ上方廻りの最中だ。

　音曲は鷺太夫燕治の新内と、呂香の女浄瑠璃、さらに翠の流行歌が当てにできるからいいとして、手妻や太神楽のような、ぱっと見て分かりやすいものも揃《そろ》えておきたい。

「あ、お席亭。あの人形遣い、うちへ来てもらえませんかね」

「人形遣い、ああ、器械屋の二郎ですね。いいですよ。話、しておきましょう。いつがいいですか」

「できれば、六月の下席から」

「分かりました。棟梁がお席亭している寄席だって言えば、きっと喜ぶでしょう。あいつ、細工が好きですから」

「そうなりゃあ助かります。そいじゃ、手前はこれで。箱はまた改めて引き取りに参りやすんで」

もうすっかり暗くなっている。提灯を借りて木戸を出ようとすると、「お席亭」と呼び止める影があった。

「あれ、猿飛《さるとび》の……」

双子だからどっちか分からない。動物の声色を使う猿飛佐助《さすけ》佐吉《さきち》の、どっちかだ。

「佐吉です。ご無沙汰してしまって」

そういえば近頃どこにも出ていない様子だ。

「実は、お願いが」

「なんでしょう。手前でできるようなことかな」

「今実は、兄貴が病で臥《ふ》せってまして。それでどこへも出られずにいたんですが……」

佐吉の話では、休んで看病したいのもやまやまだが、それではだんだん暮らしに困るので、一人でもできる芸を工夫してきたから、ついては使ってもらえないかと言うのだった。

「それはうちもありがたいですが。しかし、浜本へはいいんですか」

「それが……お願いはしたんですが」

佐吉はちょっと言いにくそうにした。

「一人でちゃんと高座がつとまるかどうか、小さめの箱で腕試ししてから来いって言われちまって」

――小さめの箱で、腕試し。

ずいぶん言ってくれるじゃねえか。

浜本の席亭のことは、同業の誼《よしみ》、頼れるお人と思って気を許していたが、やはり「格違い」と見下しているのは、御禊亭の席亭だけではないらしい。

――いいんだ。

箱が小さいからこそ、できることもある。困ってる芸人、若いこれからの芸人、こっちが支えになれることがあるなら、支えてやろう。

「分かりやした。存分にやっておくんなさい。良かったら、六月の下席から」

「ありがとうございやす。恩に着ます」

佐吉と別れた秀八は、提灯の灯りを頼りに弁慶の住まいへ訪ねていった。夜道を品川まで帰る訳にはいかないので、今晩は泊めてほしいと頼んであった。

「ごめんください。夜分恐れ入りやす」

「おや、お席亭、いらっしゃい。で、どうだった、どうだった？」

翠が出てきて、迎え入れるのもそこそこに、浜本での点取りの結果を尋ねてきた。

「牛鬼さんの勝ちで。もちろんほんのちょっとの差ですが」

「そう。あの人も苦労人で。癖のある人だけど、芸はいいものね」

中へ入ると、鬼若が水を汲《く》んできてくれた。

「すいやせん、今日は押しかけて」

「いいってことよ。牛鬼師匠の勝ちか。それでもまだ勝負は長いな。三代目もなかなか厳しいことをなさる。おれだったら逃げだしちまうよ」

弁慶が感慨深そうに言った。行灯に照らされた影が大きく揺れた。

「ところで、な、お席亭。木霊の名についちゃ、三代目のご意向はどうなんだ」

「それは、四代目になった人に任せると」

「そうか……」

弁慶と翠が顔を見合わせた。翠が「おまえがお言いよ」と顎をしゃくった。

「実はな。いつ話そうか、迷ってたんだが……。ここんところ、木霊がちょくちょく、うちに来てたな」

「木霊が？」

「ああ。うちで、稽古を見てくれって。ご住職にはちゃんとお許しを得てのことらしい」

「稽古？」

「もちろん、一門が違うから、おれが教えられることなんてそんなにない。まあそれでも、見てやって気づいたことを教えてやったり、どっちの一門がやってもいいような噺なら、それなりに稽古してやったり。型が違うってあとから言われるかもしれねぇが」

同じ噺でも、一門が違うと細かい台詞や段取りに違いがあることは多々ある。

しかし、違うも何も、木霊は今破門の身だ。出られる寄席はない。

「ねえお席亭。なんとか、ならないかい。三太郎ちゃん、いや、木霊の破門と勘当。何なら、この子の弟子にするっていう手もあるし」

翠にかかっては弁慶もこの子呼ばわりなのが、秀八にはちょっと可笑しかったが、しかし、話の中身は、笑って聞けるようなことではない。

委細あって、違う師匠のところへ移るという話もままあることだが、その際もやはり、前の師匠にまったく断りなしというわけにはいかない。新しく付く師匠の方が、前の師匠よりも芸の年季が長ければそれでもまだなんとかなるが、弁慶と天狗とでは難しいだろう。下手をすれば、弁慶の立場も難しくなりかねない。

「翠師匠。手前にそう言われやしても」

「あたしゃ気の毒でねぇ。なんとかしてやりたいんだよ。でないとお幸さんがかわいそうだ」

「お幸さん、とおっしゃいますと」

「おっ母さんさ、木霊の。天狗さんのおかみさんだよ」

「ご存じなんで?」

「ご存じも何も。あたしにとっちゃお幸さんは、実の姉妹みたいなもんだ。深川で、いっしょに三味線を習っていた仲さ」

——そうなのか。

どうやら、世間は思ったより狭いようだ。

「あたしがこの人の父親に落籍《ひか》される前は、よくいろんなお座敷でいっしょだったよ。後には名妓《めいぎ》と言われるようになって。いろんな旦那を袖にした挙げ句に、天狗さんといっしょになった時は、ずいぶん騒がれたもんだ。何年経ってもなかなか子が授からないって言ってたのを、三十路《みそじ》も半ばになってやっと男の子が一人できて。それが三太郎ちゃんだもの」

翠がため息を吐いた。

「そんな古いお知り合いとは」

「おれも木霊がここを訪ねてくるまで知らなかったんだ。言っといてくれれば、もっと前からもう少しいろいろ声をかけてやるんだったんだが」

「あたしの昔話は嫌いだって、おまえいつも聞く耳持たないじゃないか」

「まあそうだけども」

　木霊が前座で弁慶がトリという顔付けは、木霊が破門される前は何度もあった。ただやはり、一門が違う上、当代天狗の息子である木霊に対しては、弁慶も気が置けるところがあったのだろう。

「天狗さんはああいう人だからねえ。きっと女房といえども、芸のことには、切口出しさせないだろうけど。でも、このまま破門に勘当のままじゃ、お辛さんだって立つ瀬がないじゃないか」

　それは翠の言うとおりである。

「そうですねぇ。せめて手前が、直接三代目にお目にかかれるといいんですが。現在どちらにおいでかも教えていただけないんで」

「そうなのかい」

　翠がふたたびため息を吐いた。露骨にがっかりされたのが、なんだか悔しい。

「ええ。ともかく、弁良坊の先生と大橋のご隠居に掛け合ってみましょう。あのお二人は、直接会う機会があるようですから」

　二人にこう言われなくとも、木霊のことはずっと気になっているのだ。

　——こうなったら、もうどうでも、なんとかしてやらなければ。

「ともかく、四代目を決める最後の興行はうちです。その時までに何か、手立てを講じることにいたしやしょう」

「おう」

「お願いだよ。頼りにしてるから」

六

六月の下席が始まると、おえいは秀八に頼んで、寄席の入り口に笹竹を立てた。おえいやおふみ、呂香など、それぞれ短冊に思い思いのことを皆で書いて飾ってある。お客さんにも、ほしいという人があれば、短冊を差し上げて、書いてもらうようにした。

〝らいねんは　なかずに　まつりをみよう〟

金釘流のひらがなで書かれた一枚を見て、おえいは数日前のことを思い出し、くすっと一人で笑った。

「お父っつぁんがこう言ってるよ、お初。頼むよ」

背中であーあ、と声がした。

品川の六月と言えば、南の貴船社と北の稲荷社、両方で行われる天王祭りである。

特に貴船の神輿《みこし》は、カッパ神輿とも言われる名物だ。七日に宮から出て、十九日に戻ってくるまで、街道をくまなく練り歩くが、最後は、海晏寺の門前から海へと入り、猟師町で陸へ上がって御仮屋《おかりや》へと納まるのが見所だ。大勢の若い衆に担がれて、神輿がまるで海を悠々、カッパのように泳いでいくように見える。

品川へ来てすぐの頃は、秀八も神輿を担ぐ若い衆に加わっていたこともあり、おえいも何度か見に行ったことがあるが、ここ数年は見過ごしていた。

「今年は見に行こう。神輿、お初に見せよう」

まだちょっとそういうのは早いかも、とおえいは密かに思っていたのだが、秀八があまりにその気になっているので、親子三人、見物に行った。

ところが、というか、案の定、というか――神輿が近づいてくる前に、お初が秀八の背中で大泣きを始めてしまった。

「よしよし。おおい。なんでそんなに泣くんだ。おおい」

おしめも濡れていないし、お腹が空いている様子もない。なのに、とにかくばたばたと体を必死に海老《えび》反らせて火がついたように泣くので、仕方なく秀八の背から下ろし、おえいが受け取った。それでも泣き止むというわけにはいかず、今度はぐずぐずふぐふと、ひたすら抱っこを要求し、背に負おうとするとまた、うわっと泣き出す。

ずっとこんな調子なので、二人とも神輿を待つのは諦め、うちへと戻ってきたのだ。

「なんかおれ悪いことしたかぁ」

むしろ自分の方が泣きたいという顔の秀八に、おえいはあっさり言った。

「分かんない。こういうこともあるよ」

何もかも分かろうと思わない方がいい、いつの間にか通り過ぎることもある――お産婆さんからの受け売りだが、確かにそうとでも思っていないと、子どもの相手はできないのかもしれない。

――来年は泣かずに、ね。

背中を揺らしながら、見るともなく、さらに他の短冊を見上げると、〝お金ためたい〟なんてのが目にとまった。

――この字、呂香さんだ。

なんだか、呂香さんらしいな。

日頃、義理だの情だの恋だの、何かにつけこってり濃いお話を語っていると、むしろ本人はさばさばしてきてしまうのか、時にあけすけな物言いでおえいやおふみを驚かせる。面白い人である。

〝思いがとどきますように〟

――あれ、じゃ、これが、おふみさん?

おえいはちょっとにやにやしてしまった。まあ、清吉に、かもしれないけど。

〝うちの人のきげんが　ずっといいように〟

これはお光だ。あそこはいったいどういう夫婦なんだろう。

他に、お客さんが書いたのには、〝狐火さんを天狗に〟なんてのが何枚かあって、人気の高さを窺わせた。一枚、〝木霊さん戻ってきて〟を見つけた時は、なんだか切ない気持ちになった。

で、おえい自身のは、というと。

〝おてんとうさまは、おみとおし〟

こう書いたら、秀八が「これ、願い事じゃないだろう」と笑った。

――まあ確かにそうなんだけど。

ただきっと、お天道さまが本当にきちんと世の中を見通していてくださるのなら、何もかもだいじょうぶな気がするのだ。

「あ、でも七夕って……」

お星さまの祭りか。

――まあ、いいよね。

七夕が終わって数日すると、御襖亭での四代目争いの噂がもう聞こえてきていた。

「今度は狐火の勝ちだそうだ」

「御襖亭は客席が広いからな。数えるの、大変だっただろう」

「鳶の若い衆を使って、景気よく派手に数えさせたらしい」

「これで一対一。五分だ」

おえいは牛鬼も狐火も、一度か二度、浜本の高座に上がっているところを見たことがあるくらいで、直接どんな人かは知らないが、どうやら、話や芸事に詳しいお客には牛鬼をひいきにする人が多いものの、より多くのお客を集めることのできるのは狐火の方らしい。

――楽しみだな。

まさかこんな大きな興行を、うちでやれるなんて。

清洲亭を始めた頃には、思いも寄らなかったことだ。

「おう、今帰った」

「あ、お帰り」

――あれ、機嫌悪そう。

夕方になって戻ってきた秀八は、しきりに目をぱちぱちさせている。おえいは「どう

だった?」と言いかけて、呑み込んだ。こういう時は、自分からしゃべり出すまで、問

わない方がいい。

秀八は台所へ行き、水瓶《みずがめ》からひしゃくで何杯も汲んでは水を飲んでいたが、ようやく

落ち着いたのか、座敷へ上がってきた。

「なんか、ずいぶん派手にやってやがった」

「派手に？」

越勘が、なのかヨハンがなのか。

秀八は今日、わざわざ麻布まで行ったのだ。おえいは何もそこまでしなくても、と止めたのだが、気になって仕方なかったらしい。

「白い鳩、南蛮灯籠、大しゃぼん玉……。あんなの、うちでは一度もやってくれたことがない。あの裏切り者」

かなり怒っている。まあ、無理もない。

「ね、おまえさん」

「あん？」

「ヨハンはそういう道具、どうやって手に入れてるの？」

「道具？　ああ、あれはそういう筋があるんだそうだ」

「筋？」

「ああ。道具や種《ネタ》、仕掛けを、やり方といっしょに売り買いする商売ってのがあるらしい。ヨハンも、西洋銀貨を使う種なんかは、売ったことがあるって、以前言ってた」

「じゃあ、鳩だの灯籠だのは、そういうとこで買ったのかな……あの子そんなにお金、持ってたかしら」

「分からねぇ……確かに、妙だな」

どういうことなんだろう。

何か悪いことに巻き込まれてなければいいけど。

七月の清洲亭には、御伽家文福がトリで出て、おなじみの怪談〈猫《ねこ》ヶ《が》原《はら》戸山《とやまの》霞《かすみ》〉をやった。「またあれを見たい」という客からの声に応えたものだ。

せっかくなので幽霊——これは今年も鬼若がつとめてくれた——や仕掛けを前より派手にと工夫してみたが、ヨハンがいないのはここでも痛手だった。

「焼酎火、どうやったらうまく出るかなぁ」

前にやった時は、ヨハンが作ってくれた人魂の仕掛けだ。こたびはなかなかうまくいかなかったが、弁良坊が苦心の末に、なんとかそれらしいものを作ってくれた。

一方で、色物には新たな人気者ができていた。

「佐吉さん、がんばってるね」

「ああ。二郎さんのおかげだがな」

猿飛佐吉は一人でなんとか高座をつとめていたが、兄弟での芸を知っている人には、どうしても寂しく思われて、客の受けは正直あまり良くなかった。

なんとかならないかと秀八もおえいも頭を痛めていたところに、助け船を出してくれたのは器械屋二郎だった。

「どうでしょう、佐吉さんと器械屋で、何かやってみませんか」

二郎の発案で、人形の一郎がしゃべりだすという芸を考え、佐吉が下座から人形の声色を作って動きに合わせるようにすると、客席が沸いた。

「へたくそー」

「すまん。もう一度やってくれ」

「もう疲れた。止まる」

人形の一郎が放った矢を、二郎が取り落とし、人形に罵倒される、なんていう一幕では、こんなやりとりで客を笑わせたりもする。

「しかし、あんな声、どうやって出してるんだろう」

「本当、不思議。あのお人形も」

「そうだなぁ」

早いもので、今度の九月が来ると、寄席のおかみになって丸三年になる。おかげでいろんな芸人を見るけれど、相変わらずどの芸も、「なんでこんなことできちゃうのかな」と思う。

「あ、ご隠居さん、いらっしゃい」

「やあ。なかなか楽しいね」

大橋のご隠居の姿が見えた。銀鼠の長着、艶消しの単衣《ひとえ》に、黒の紗羽織《しゃばおり》がよくお似合いだ。この旦那のご趣味は、「粋すぎ」でないのが本当に品が良い、とおえいはいつも思って拝見している。

「ありがとうございやす」

「そういえば、お席亭、来月の噂、ご存じですか」

「来月ってぇと、末広ですか」

「ええ。例の四代目争いですが」

「何かあったんですか」

「あったというか……今起きているといいますか。鷹ノ池御前《たかのいけごぜん》が」

「鷹ノ池御前？　鷹ノ池って、あの鷹ノ池ですか」

あの鷹ノ池って、どの鷹ノ池？　っていうか、鷹ノ池と言えば、一つしかない。大坂が本店だという、大店中の大店の、呉服問屋だ。

「実はですね。鷹ノ池の先代のおかみさんってのは、もともと江戸の人なんですよ。それで、息子さんが跡を継いでからは、江戸で隠居暮らしをなさっているんですが」

――それで鷹ノ池御前。

芝居に出てくる静御前や袈裟御前《けさごぜん》と違って、ご年配で大金持ちのご婦人、ってことらしい。

「その方が大の狐火さんひいきで。お知り合いの方々に片っ端から祝儀を配って、〝来月は末広へ行って、狐火に札を入れてくれ〃って」

「それじゃあ札の買い上げじゃないですか、卑怯《ひきょう》な」

秀八が目をぱちぱちさせ始めた。

「それ、末広のお席亭はどうなさるので」

「ええ。そういう太いごひいきをつかむのも、才のひとつだから、特に咎めるつもりはないと。まあ、咎めようったって、やりようもないでしょうけどね。お席亭の立場では」

「そりゃあ、まあ」

確かに、お客さまの一人一人に、「鷹ノ池さまからお金をもらっていませんよね？」と尋ねて回るわけにもいかない。

「まあ、末広のおっしゃるのも、確かに一理ありますからねぇ。昔から、芸事というのは、公方さまとかお大名とかの太いごひいきで大きくなってきた部分もありますから。お能なんて、まさにそうですし」

そういうものか。

そう言われてみれば清洲亭だって、大橋のご隠居という大店のご主人のごひいきで、潰れそうなところを救ってもらってきている。

「まあ、こんなことをお伝えしても、棟梁がお困りになるだけかなと思ったのですが、お知らせしないのもどうかと思いまして」

「そうですか、それはどうも……」

鷹ノ池御前。どんな人なんだろう。わがままで威張っているお婆さんなんだろうか。困ったことをする人だな、と思いつつも、一度会って、いや、見てみたいという気がした。

「ただ、こうなるとかえって狐火さんが心配です」

「と、おっしゃいますと」

「勝っても負けても、周りからよく思われないでしょう。勝てば〝金で点を買った〟と言われるでしょうし、負ければ〝あんな太いひいきが付いていたくせに負けた〟と。ひいきの引き倒しってことになりかねない」

なるほど。

「難しいですねえ……。ま、今日はそんなことは脇へ置いて、楽しませてもらいましたよ」

そう言ってもらえるのが、何よりだ。


その晩だった。

夜席がはねて、おえいがお初の横でうつらうつらしていると、外にばたばたっと人の気配がした。

どんどんどん、どんどんどんどん……。

「おおい。開けろ」

「ここにかくまっているんだろ。分かってるんだ。開けろ」

とんでもない胴間声《どうまごえ》だ。

——何事？

思わずお初の耳を手で塞ぐ。

「何ですか」

佐吉が応対してくれているようだ。

「ここに、ヨハンていう手妻使い、いるだろう」

「ヨハン？　知りませんよ」

「隠すと痛い目に遭うぞ。おまえみたいな若造じゃだめだ。席亭を出せ」

「言われるまでもありませんよ、席亭は手前ですが、なんですか」

今度は秀八の声だ。

「おまえさんが席亭か。ヨハンを出せ」

「だから。いませんよ。いったい、ヨハンがどうしたっていうんです？　それにだいたい、おまえさん方いったい何者なんだ」

「越勘の者だ。ヨハンが行き方知れずになっている。何か知らないか」
——越勘？

「知りません。だいたいうちを断ってそっちでずっと出突張《でづっぱり》になってるやつのことなんか、うちが知るわけないでしょう。大きな声出さないでくださいよ、野中の一軒家じゃないんだから」

やりとりの声が小さくなってしばらくすると、秀八が座敷へ入ってきた。

「だいじょうぶだったか。お初、泣き出したりしなかったか」

「うん。……でも、ヨハン、行き方知れずなの？　越勘の人って言ってたけど、なんだか寄席の若い衆にしては、ずいぶん柄の悪そうな……」

「うーん。おれもなんだかよく分からない。なんだろう」

どうなっているんだろう。

七

八月の二十五日の昼過ぎ、彦九郎は海藏寺へ来ていた。おとつい大観堂を訪ねた折に、ご隠居から「この漢籍を住職に」と預かってきたのだ。

「ありがたい。本当は買い求めるのが筋なのだが、とても払える額ではないのでな」

　預かってきたのは、いわゆる板木で刷る板本《はんぽん》ではなく、筆で書かれた写本である。住職の昴勝《ぼうしょう》は、これを自分の手で書き写すつもりらしい。

「写しを二冊作って、一冊を原本とともにお返しすれば、それで良いとおっしゃってくださるので、助かっている」

　板木を作って売るほどの流通を見込めぬ、こうした漢籍は、今でも写本で得るしかない。大観堂は写しを作ることを条件に、金を取らずに稀覯本《きこうぼん》を提供してくれていた。写本用の紙も用意してくれるのは、ありがたいことである。

「あの子は元気か」

「清吉ですか。ええ、なんとかやっているようです。ご隠居は、朋輩から妬まれやすいのがちょっと心配だとはおっしゃっていましたが」

　気が利くのでつい、隠居も梅三郎《うめさぶろう》も清吉を供にと名指ししてしまう。他の小僧たちが僻《ひが》むといけないので、気をつけているのだと隠居は話していた。

「そうか。うまくやっていけるといいな」

「そうですね。まあ本人は他愛ないもので、五郎太さまの話をしてやったら喜んでいました」

「五郎太さま……。ああ、あの白猫か。今じゃ清洲亭の猫神さまだそうだな」

　五郎太と筆之助の母猫は、昴勝の手でこの海藏寺に葬られている。

「清洲亭と言えば、天狗さんの四代目争い、ずいぶん評判になっているようだが」

「清洲亭でやるのは十月だから、まだ先ですけどね。ただ、四代目争いそのものは、もう江戸中で評判になっていますが」

彦九郎は大観堂でもらったかわら版を昴勝に見せた。

「こんな刷り物まで出ているくらいですよ」

「ほう。なんだ、この派手なご婦人とご隠居の絵は」

「これはですね」

極彩色で刷られたかわら版の上の方に大きく、〝紅梅亭源四郎、鷹ノ池御前と談判す〟という文字が躍っている。

知り合いに祝儀を配り、「寄席へ行って狐火に入れ札してくれ」と頼んで回っているという鷹ノ池御前に、神田紅梅亭の席亭、源四郎が、「それは狐火さんのためにも、他の噺家のためにも、ひいては寄席のためにもならないからやめてくれ」と直談判に及んだというのだ。

「紅梅亭の席亭というのは、ご婦人なのか」

「ええ。なかなかやり手のようですよ。他の席亭がどこも遠慮してしまった鷹ノ池御前に、こうして直談判して、しかも納得させてしまったようですから」

かわら版の記事によると、はじめは聞く耳を持たなかった御前が、源四郎の心のこもった説得に、やがて涙を流して得心、大いに反省したとある。

──いささか出来過ぎのような気がする。

どこからどこまでが仕組んだことか分からないが、少なくとも、こうしたかわら版を作らせるには、源四郎の才覚がかなり働いているに違いない。こたびの興行にいっそう人々の耳目を集めさせようという策略が感じられる。

源四郎に限らず、末広にしても御禊亭にしても、席亭というのはなかなか海千山千、酸いも甘いもかみ分けた挙げ句、人にほろ苦い思いをさせることもいとわぬ、食えない御仁が多いように見える。

──一軒だけ、ニン違いかな。

清洲亭は、夫婦して人が好すぎるのかもしれない。

思いだし笑いをしていると、ごろごろっと遠雷の音がした。

「おや、嵐かな」

「だいぶ雨がひどくなってきたぞ。なんなら、このまま泊まっていけ」

「そうさせてもらいましょうかね」

たまには昴勝に付き合って、ゆっくり写経でもしてみるか。何も考えず、ひたすら筆を運ぶのは楽しそうだ。

そう考えた彦九郎だったが、残念ながらそのもくろみは、近づいてきた雨雲の大群に、僗く蹴散らされてしまった。

「九郎、すまん、あっちも頼む」

「ほいよ。ほら木念さんは向こう」

「はい。あれ、珍念《ちんねん》さんは？」

「庫裏《くり》でしょう」

夕刻になると風雨は強さを増し、彦九郎は木念こと木霊や、小坊主の珍念とともに、寺内を走り回る羽目になった。

「大事なものはすべて本堂に運んでくれ。あそこだけは雨漏りしないから」

「分かった。しかし、なんで本堂だけなんだ」

「貧乏寺だからな。棟梁に修理を頼めたのは、本堂だけだったんだ」

「そうなのか。あの棟梁なら、事情を話して頼み込めばいいじゃないか。手間賃、待ってくれるだろう」

秀八なら、きっと便宜を図ってくれるに違いない。

「ここは寺だぞ。金を払えるあてもないのに、修理を頼むようなことができるか」

──これだからな。

住職の昴勝はいささか生真面目過ぎるというか、融通の利かないところがある。

生臭坊主が多くて、「品川の客はにんべんのあるとなし」──女郎屋に侍と寺の者がよく来るのを皮肉った俚言《りげん》だ——とまで言われる昨今だ。そのせいだろう、質屋ののれんをこっそりくぐらされるような小坊主の姿も少なくないこの界隈で、この物堅い人柄はもはや骨董品で、大切にしたいところではあるが、もう少し鷹揚《おうよう》に考えても良さそうだ。

「うわっ」

地面が揺れるような感覚とともに、轟音《ごうおん》がした。近くに雷が落ちたらしい。珍念が「ぎゃっ」と悲鳴を上げた。

「これ。仏の道に仕える者が、なんという声だ。聞き苦しい」

「でも和尚さま」

「どうもそなたは怖がりでいかん」

「まあまあ。珍念さんは、森羅万象、ものに感ずるところが鋭いのでしょう。そう言わずとも」

「天の感ずるところですか。いいな。〈廿四孝《にじゅうしこう》〉ですね」

噺の一節を引き合いに出して、木霊が笑った。

——やはり、噺が好きなのだな。

この昴勝が、木霊が弁慶のところに稽古に行くことを許したというのだから、破門が解けるように、なんとかそろそろ取りなしてやるべきなのかもしれない。

そんなことを思っていると、珍念がまたぎゃっと悲鳴を上げた。

「なんだ」

「すみません」

雷鳴もないのに怖がったところを見ると、何か見えるのだろう。

珍念にはいわゆるその手の資質があるらしいのだが、昴勝は「この世のものでないものを見ても、それをたやすく口に出さないのが仏門にいる者の心得だ」と厳しく戒めているという。

「何か見えるのかい」

彦九郎はこっそり聞いてみた。

「はい。首に紐《ひも》を巻かれたお女郎さんが」

「紐を巻かれたお女郎？」

「たぶん、昨日のお引き取りの。自殺したらしいって皆がひそひそ言ってました」

「ああ……」

身寄りのない女郎の回向を、海藏寺は引き受けている。そんな亡骸《なきがら》を引き取ったあとは、異形のものがちょくちょく見えて怖いのだと、前にも珍念は言っていた。

「だいじょうぶだ。ちゃんとお経を読んでおあげ。たくさんな」

「はい」

珍念を落ち着かせ、濡れては困るものを本堂へ運び終わると、今度は戸をあり合わせの木っ端《こば》で押さえたり、漏ってきた水を寺内の器という器をすべて活用して受けては、瓶に移したり——と、その夜は寝る間もないまま、海藏寺で朝を迎えることになった。

「おさまったようだな」

「ああ。ひどい風だったが」

そろそろと雨戸を一つ開けてみると、外は薄曇りで、雨はぱらつく程度になっていた。

「何か崩れていたりしていないか、境内を一回り見てこようか」

「頼めるか？　読経《どきょう》を終えたら拙僧と珍念とで粥を作っておくから」

「分かった。じゃあ、木念さんを借りよう。いっしょに来ておくれ」

「はい」

外へ出てみると、あちこちから飛んできた木の葉や小枝が吹き寄せられ、足の踏み場もない。

「まずはここからだな」

二人で竹箒《たけぼうき》を使っていると、汗が噴き出してくる。

「先生、水を汲んでまいります」

「ああ、頼むよ」

木霊が井戸の方へ走っていった。

——よく気が利くようになったな。

近頃では托鉢に行った先で、「何か噺を」と求められることもあるという。「本気で僧侶になる気があるなら、いつでも得度させてやるよう本山に頼んでやるが、それではやはりもったいないだろう」というのが、昴勝の意見だった。

「先生！　たいへんです」

井戸のところで木霊が大声を上げた。

「早く来てください。行き倒れです！」

——行き倒れ？

それはたいへんだ。

「先生！　まだ息があります。あ！」

木霊がさらに頓狂な声を上げた。

彦九郎が駆けつけると、若い男が一人倒れていた。

「ヨハンじゃないか。どうして」

「とにかく、中へ運びましょう。わっ、すごい熱だ」

木霊と二人がかり、両脇を抱えようとしたが、ヨハンの体はぐったりとしていて、とてもそれでは運べそうにない。

「先生、ちょっと待っていてください」

なんとかこちらに体を預けさせながら待っていると、木霊が戸板を運んできた。

「よし、乗せるぞ」

やっとのことで中へ運び入れると、昴勝と珍念が驚いて出てきた。

「どうした。行き倒れか」

「ああ。清洲亭に以前よく出ていた、手妻使いだ。珍念さん、すまないが、玄庵先生を呼んできてくれ」


玄庵の診立ては、「栄養不良、疲労、心労が重なっているだけで、何か悪い病というわけではなさそうだから、ゆっくり寝かせてやるように」というものだった。

その言葉通り、丸二日、ヨハンはこんこんと眠り続けた。

「どうする、九郎。清洲亭に知らせるか」

「そうですねぇ」

彦九郎は迷った。このところ、秀八夫婦があまりヨハンのことをよく思っていない様子を知っていたからだ。

「本人の気持ちを確かめてからにしましょう」

八

「秀さん、手紙だそうだ。浜本の席亭から」

「浜本の？」

　寿司の材料の調達のことで、佐平次に相談したいことがあるからと出かけていった庄助が、秀八あての手紙を預かって戻ってきたのは、八月の晦日《みそか》、大嵐が過ぎて四日後のことだった。

「なんだか、分厚いな。ちょっと、先生のところへ行ってくる」

　以前に弁良坊から「嵐」と「荒し」は言葉の根っこは同じなんだと聞いたが、まさにそのとおりで、この嵐のせいで八月の下席は二十四日までしか開けられず、また普請の方も、今は片付け仕事ばかりに追われている。

「先生、おいでになりやす……ね」

　盗られるようなものはないからと、弁良坊はほとんど戸締まりもしない。いるかどうか、外からすぐ分かる。

「おや、お席亭。……お手紙ですか」

「そう言っていただくと話が早い。お願いしますよ」

漢字の多い手紙を読むのは手間がかかって骨が折れる。弁良坊に読んでもらった方がずっと早い。

「……ふうむ。これはまた」

手紙を読み進みながら、弁良坊の顔は険しくなったり得心したり、めまぐるしく表情が変わっていく。

「先生、いったい、何が書いてあるんで」

「それが、ですね」

弁良坊はこほんと一つ咳をした。

「ええと。何を先に伝えますかね……」

――じれってぇな。

「あのですね。越勘という寄席が麻布にありますね」

「ええ、存じておりやすよ」

「あそこ、潰れたそうです」

「潰れた？」

「はい。嵐に乗じて、だったのかどうかは分かりませんが、ともかく、夜逃げでもしたらしく、数日前に行ってみたら蛻《もぬけ》の殻《から》だったそうで」

「はあ」

景気が良さそうに見えたのは、外面《そとづら》だけか。

「で、浜本のお席亭は、あそこにずいぶん金を貸しておられた。なので、もし、越勘さんについて何か知るところがあれば、教えてほしいと」

「金貸してた？　浜本のお席亭が？」

性質《たち》の悪いにもほどがある。

残念だが、こっちは知るところなんかない。あるとすれば、ヨハンを横取りされたことぐらいだ。

「このお手紙によると、越勘さん、相当あこぎな方だったようですよ。〝げんしろう〟がひどく、芸人たちの給金をかなり少なくごまかしていたそうです」

そうなのか。じゃあなんでそんなところに。

「しかも、寄席がはねたあとに賭場《とば》を開いて、芸人たちを誘い込んで食い物にしていたとか。中には、借金の果てに、女郎や陰間《かげま》、あるいは奴僕《ぬぼく》として、地方へ売られた者もあるらしいと」

「陰間や奴僕……」

まさか。

「で、ここから先は、お手紙ではなくて、某がお席亭にお知らせしたいことなのですが」

「先生が？」

「はい。ヨハンさん、今、海藏寺にいます」

「海藏寺？　本当ですか」

返事も聞かず、すぐにも秀八が駆け出そうとしたのを見て、弁良坊が「お待ちを」と引き留めた。

「嵐の翌朝、行き倒れになってたのを、木念さんが見つけました。今はなんとか口がきけますが、まだ体が弱ってますから、くれぐれも、怒ったりしないでやってください……いや、やっぱり某もいっしょに行きましょう」


「お席亭……すみません」

布団の上で蚊の鳴くような声を出して泣くヨハンを見て、秀八は何も言えなくなってしまった。

「な、なんで……」

「では、某がご説明しましょうか。二日がかりでやっと聞き出したことですが」

弁良坊の話では、ヨハンは秀八の心配とは違い、博打《ばくち》にはまっていたわけではないらしい。

「越勘さんは、派手な手妻の道具や種をどこからか手に入れてきては、〝買わないか。手持ちがないなら貸しにしといてやる〟と言って、声をかけてきたんだそうです」

「で、買っちまったのか」

ヨハンが黙ってうなずいた。

「どれも、見栄えがして、きれいで……つい欲しくて……次々と」

おしまいの方は声が消え入って、まるで聞こえない。

「手妻代は、利息なしの約束だったはずなのに、いつのまにか証文ができていて、越勘でほとんどただ働きするよりほか、なかったんだとか。だいぶあくどいやり口です。で、そうこうしているうちに、芸人仲間が異国へ売られているという話を聞いて、怖くなって逃げ出してきたんだとか」

「異国へ？」

「気づくと行方の分からなくなってる仲間が何人もいて。噺家は田舎の奴僕に、色物は異国船の御伽衆《おとぎしゅう》に売られたんだって、そんな噂が楽屋で……」

ヨハンの顔は頬がげっそりこけて、青白い。

——痛い目に遭ったもんだ。

「一つ、聞いていいかい」

弁良坊とヨハンの顔を交互に見ながら、秀八は一番聞きたかったことを聞いた。

「新しい道具、なぜうちでは使わないようにしてたんだ。浜本では使ってただろう」

「ええ、はい。それは」

痩せこけた肩が震えて、見ている方が痛々しい。

「お席亭とおかみさんに見られたら、絶対に〝その道具、どこで手に入れたの？〟って聞かれるだろうと思って。借金までして道具を買ったなんて言ったら、お二人に叱られると思いました」

——それが分かってたんなら。

なんで借金して道具を買ったりしたんだ。

いや、もっと早く、「なんでうちで新しい手妻やらないいんだ」って、まっすぐに聞いてやってれば。ちゃんと怒って、事情を聞いていれば。

やり場のない怒りがこみ上げてきたが、ぶつける相手は、もちろんヨハンではない。

「さて、で、どうしますか、これから」

弁良坊がこっちを見ている。

「ヨハン」

「はい」

「うちの楽屋でよければ、空きはあるぞ」

「お席亭……」

「だからもう、おれらに内緒で、道具を買っちゃだめだぞ」

すみませんすみませんと泣くヨハンの声が、雨染みだらけの海藏寺の畳に、しみ通っていった。

九

九月も十日を過ぎた。

秀八は、川分へ向かっていた。佐平次に知恵を借りるためである。

本当なら今月の十五日は、清洲亭開業三周年で、何か盛大に祝いをしたいところなのだが、何しろ来月には四代目天狗を決める最後の興行が控えている。無事に大役を終えてから、それはそれで、改めて何か考えるつもりでいた。

四代目争い。これまでの結果は、六月の浜本が牛鬼の勝ち、七月の御禊亭は狐火の勝ち、八月の末広も狐火の勝ち、九月の紅梅亭は牛鬼の勝ち。いずれも僅差《きんさ》、がっぷり四つ、五分五分の勝負である。

——予想通り五分で来たか……。これはえらいことになる。

「勝ってふんどしの紐を締める、か」

なんだか全然違うような気もするが、どう言えば正しいのか、よく分からない。ともかく秀八は、間違いなく大混雑するだろう十月の八日間をどう乗り切るか、頭を悩ませていた。

「あら棟梁、いらっしゃい」

「どうも。佐平次さん、いるかな」

「ちょっとお待ちくださいね」

いつもの根付けの間に通されて、しばらく待つ。

――これみんな、いつか庄助さんの手に戻してやりてぇ。

庄助はとうとう、今年の暮れには妻子を信州から呼び寄せるつもりだという。

「とても楽はさせられないし、女房にも寿司作りを覚えてもらうことにもなるでしょうが……それでもいいと言ってくれるので。今度の正月はいっしょに迎えようと思いますよ」

しばらく前に、庄助が手紙を読んでうれしそうにそう言っていたのを思い出して、秀八は下がっている根付けたちをつくづくと眺めた。

「よう、待たせたな」

「忙しいところを、邪魔してすいやせん」

「いや、いいんだ。例の件、五分だってな。客、押しかけるだろう」

「そうなんですよ。ついちゃあ、どうやったら、人を捌けるかと思いやして」

「そうさなぁ。おまえさん、いつもの札止《ふだど》めより多く入れる気はないんだろう？」

「ええ。そんなことをして、お客さんに何かあっても困るんで」

「まあ、その方がいいだろうな。というと、例の木札八十八枚を出すわけか」

「人がやたら早くから並ぶって、他のお席亭たちが。どこも大変だったそうで」

「そうか……じゃあどうだ、おれのところ、この川分の門のところで、その木札、配ってやろうか」

どのみち、人手には島崎楼の若い衆をあてにしていたから、いっそそうしてもらえば、願ったり叶ったりだ。

「だから、おまえのところでは、何時《なんどき》から川分の前で木札を配る、ってのを大きく書いて貼っときゃあいい」

ありがたい。正直、紅梅亭では呆れるほど早朝から並ぶ客もいて、中へ入るのにけんか沙汰になりかけたこともあったと聞いたから、佐平次のところに任せられるなら高枕だ。

――でもなんか、企《たくら》んでやしねぇかな。

なんとなし、疑り深い心持ちになる。

「なんだよ。相談に来ておいて、その顔は。おれのこと、信用できねぇか？」

「あ、いや、そういうわけじゃ。ずいぶん、ありがてぇ、と思って」

「そうか。じゃ、決まりだ」

「あ、あの、手間賃とか、どう払えば」

「おいおい。見くびってくれるじゃねぇか」

佐平次の眉が上がったり下がったり、嘲笑うとも苦笑するともつかぬ顔になった。

「おれはこれでも品川一と言われる女郎屋の楼主だ。こんなことで清洲亭から手間賃取ったりしねぇよ」

「そ、そっか。すまねぇ」

「それからな。興行の二日目は地震からちょうど一年の日だろ」

「ああ」

そうだ。お初が生まれて、ちょうど一年でもある。

「木戸銭とは別に、篤志を募っちゃあどうだ」

「篤志？」

「地震で亡くなった方のための供養をいたしますって。で、海蔵寺で法要やってもらうんだ」

ほう。佐平次にしちゃあずいぶん殊勝な趣向だ。

「品川の女郎屋は皆、あそこには世話になってる。ただ住職が物堅《ものがた》すぎて、金儲《かねもう》けが下手だから、建物がひどいだろ。篤志の法要って触れ込みで、海蔵寺の修理もしてやってくれ」

そういうことなら、もちろん、否やはない。

ただなんだか妙に話がうまく行き過ぎだなぁ、と思っていると、その謎は数日後に解けた。

「棟梁。島崎楼で妙なことやってるようですが、いいんですかい」

知らせてきたのは伝助だった。しばらく普請の方は伝助に任せることになるので、施主にわびを入れておこうと、いっしょに出かけた時のことだ。

「妙なことってなんだ?」

「なんでも、客に〝四代目はどっちになるか〟を賭けさせているとか」

「なんだって?」

「楼の入り口に牛鬼さんと狐火さんの菊人形なんか置いて、派手なしつらえで。来るお客さんに、一口一朱で、宝引《ほうびき》の札を買わせているんですよ」

菊人形? 宝引の札?

一朱と言えば、一両の十六分の一、そこそこの金額である。

「勝った方に賭けた人は、後日、宝引ができるんだそうですが……よく考えりゃあ、島崎楼は丸儲けですからねぇ」

「丸儲け?」

「だって、負けた方の札を買った人はただ金を払っただけ。全部島崎楼の儲けでしょう。勝った方の人はあとで宝引ったって、それって、結局もう一回島崎楼に上がるってことになるじゃありやせんか」

なるほど。

「おまけに、宝引で当たる品には、酒樽《さかだる》や米俵に交じって、櫛《くし》だの簪《かんざし》だの、紅《べに》だの白粉《おしろい》だの、お女郎衆の喜びそうなものがいっぱいなんです。鼻の下伸ばした男どもが、女郎にねだられて札を買ってるって寸法ですよ……ほら、こんな札です」

考えやがったな。人のふんどしで勝ち相撲って寸法か。道理で、快く木札配りを引き受けてくれたわけだ。

「で、おまえさんも、札、買ったってのかい？」

伝助が懐から出した札には「牛鬼ひいき　一枚」とあって、島崎楼の朱印が押してある。

「え？　へへへ。つい、なじみの妓《こ》にねだられまして」

「なんだ自分のことじゃねぇか。しょうがねぇなあ」

まあ、盛り上げてもらってるってことだ。良しとしよう。

前座　噺　九尾亭　礫

軽業　器械屋一郎　二郎　付　猿飛佐吉　一日から四日まで

手妻　夜半亭ヨハン　五日から八日まで

噺　九尾亭牛鬼　九尾亭狐火　一日おき
女義太夫　竹呂香　一日から四日まで
新内　亀松鷺太夫　燕治　五日から八日まで
噺　九尾亭牛鬼　九尾亭狐火　一日おき

いつものように弁良坊が版下を書いてくれた刷りものを見て、おえいと二人、改めて声を上げてしまう。

「すごいね、ほんと」

「豪勢だなぁ」

いよいよだ。すでに三日前から、牛鬼、狐火とも、品川へ入ってくれている。トリでかけてもらう演目については、牛鬼が〈累草紙〉、狐火が〈お富与三郎〉と決まり、ちょうど秀八が見た浜本の時と、演者と演目が入れ替わった形になった。

下座で顔色が変わっていたのは、おふみである。

「良かったわ、翠姐さんがいらして」

「お役に立って何よりだよ」

とても一人ではこなす自信がないというので、もう何日もかかって、おふみと翠が二人がかりで稽古している。ものによっては、呂香や燕治からも助言をもらっているようだ。

何でも手伝うからぜひ舞台袖へ入れてくれ――そう言ってきたのは、弁慶だった。そのために、十月の上席はどこから出勤の声がかかっても、すべて断ってきたのだという。幸い牛鬼と狐火の許しは得られ、弁慶は大きな体を縮めるようにずっとかしこまっている。秀八としても、弁慶がいてくれるのは、何かあった時のために心強い。また、「機会があれば、お二人に木霊のことも頼んでみよう」――とこっそり言ってくれたのも、ありがたいことだ。

「いらっしゃいませ。下足はあちら、座布団は向こうです」

「ようこそ。こちらの入れ札をお持ちください」

客席には大橋の隠居の姿もあり、また弁良坊は若い衆たちに交じって客の案内をしてくれていた。

「ね、おまえさん、あれ」

おえいがいくらかぎょっとした顔で、客の並ぶ一角を見やった。

「もしかして」

婀娜な年増と、風格と威厳のありすぎる尼御前とが連れだって並んでいた。

「いつまで並ばされるのかね」

尼が眉間に皺を寄せている。

「まあまあ御前。ちっちゃい席らしいですから。勘弁してあげておくんなさい」

間違いない。紅梅亭の源四郎と鷹ノ池御前である。

「何か、しないといけない？　席、特別に空けるとか」

「いいや」

不安そうに言うおえいに、秀八はきっぱりと言った。

「同じ木戸銭払って来てくれるんなら、みんな同じお客さまだ。いっしょでいいさ」

「そっか。そうだね」

やがて近づいてきた二人に、秀八は「いらっしゃいませ」と声をかけた。

「ちっちゃいけど、いい造りじゃないさ。楽しみだね」

源四郎の濡れたような真っ赤な唇にそう言われて、どうにも尻のあたりがむずむずする。

「あらまあ、かわいいお子だこと。地震の時に生まれたんだってねぇ。きっと強運の持ち主ですよ」

並ばされたことでいくらかしかめ面だった鷹ノ池御前は、おえいの背中でにこにこ機嫌良くしているお初を見て、いっぺんに相好《そうごう》を崩した。

「ありがとうございやす」

どうやら悪いお方ではなさそうだ。

八十八番を持った方が中へ入ったところで、秀八は柝《き》をちょぉんと打った。

「ただいまより、始まりでございます」


以前天狗が出てくれた時以来、いやそれ以上の大賑わいで、清洲亭は家作ごと揺れ動くような八日間を送った。

牛鬼は、トリでは、醜女《しこめ》をめぐる因縁と人物を丁寧に語り、仲入り前に出た時には〈道具屋〉や〈町内の若い衆〉といった滑稽噺でしっかり笑いを取った。一方狐火は、与三郎とお富、それぞれをきれいに色っぽく演じ、また仲入り前では〈紙入れ〉や〈悋《りん》気《き》の火の玉〉など、ご婦人の様々な姿を描いて笑わせていた。

――もうこりゃあ、どっちの勝ちって言われても。

仮にどちらが負けたとしても、まったく不名誉にも不面目にもなるまい。

「狐火さんは、そんなに四代目になりたいっていうふうでもないみたいだが」

八日目、自分の出番を終えてから、楽屋仕事をきっちりこなしてくれている礫に、何の気なしにそうつぶやくと「お席亭、それ、騙されてます」と笑われてしまった。

「そう見せかけてるだけですよ、あの師匠は」

「そうなのかい」

「名代のいい格好しいですからね。本音はそんなこと、あるわけないじゃないですか。

おれら若手の間では、狐火師匠なんか、実は丑《うし》の刻《こく》参りだってやりかねないって評判です。表裏があるから、かえって牛鬼師匠より怖いですよ」

「へええ」

なかなか、一筋縄ではいかないようだ。

「ま、だから、これで良かったと思いますよ。こうやってお客からの点取り、入れ札で決まるんだったら、恨みっこなしですもん。他の決め方をしたら、きっと生涯遺恨が残ったんじゃないですかね。さすが三代目、よく考えてくださったと思います」

そうなのか。

「で、礫さん、その三代目だが、今どこにいらっしゃるんだ？　ご隠居も先生も教えてくれないんだが、結局どこの興行にもいらしてくださらないのかな」

五つの寄席の席亭たちの間では、「三代目がどこかで顔を出してくれるのでは？」というのが密かに期待されていたのだが、八日目、そろそろ狐火のトリも終わる今となっても、一度もそれは実現していない。

「さあ、それは手前の口からは。ご隠居か先生にき……」

礫の言葉が終わるか終わらないかのうちに、おえいが飛び込んで来た。

「おまえさん、たいへん」

「なんだ」

「出た、出た」

「え？」

「天狗師匠。今、こちらへ」

おえいの後ろから、脇を品の良いご年配のご婦人に支えられて、紛れもない天狗の姿が現れた。

「師匠……！」

「お席亭。手数をかけましたね」

どうしよう、どこへ座ってもらおうか。

「ど、どうぞ、こちらへお入りを。今床几《しょうぎ》を出しますから」

驚きながら手招きしてくれたのは、弁慶だった。

「お、御伽家弁慶と申します」

「ああ、お噂は聞いていますよ。……以前、うちの愚か者が、たいそうお世話になったそうで」

「あ、いや……」

同じく袖にいた牛鬼と狐火が、入ってきた姿を見て顔色を変えて立ち上がろうとして、天狗に手で制止された。

「お二人とも、ご苦労でした。人事を尽くして天命を待つ。私もいっしょに待たせてもらいますよ」

どぉん、どぉん、どぉん、どぉん……。

礫の打つ太鼓の音に合わせて、八日間の入れ札が数えられ始めた。

「三百四十」

清洲亭の札止めは八十八。八日間だから、満点は七百四である。

「三百五十。牛鬼、三百五十一」

「狐火、三百五十三！」

数え上がって客席が沸いていると、天狗が秀八に「一度幕を引いてもらえませんか」と頼んできた。

「どうなさるので？」

「せっかくだから、皆さんにご挨拶がしたいのですが、手前が歩く姿を見せると、あんまりよぼよぼで、お客さまが興ざめするといけない。高座へ座ったところで、幕を開けてほしいのです」

「分かりました」

秀八は礫に、そのまま太鼓を打ち続けるように頼み、一度幕を閉めた。

「なんだなんだ」

「二人、出てきて挨拶でもするのか？」

客がざわめいている中、天狗は舞台へ上がっていく。

「お二人もいっしょに来てくれますか」

「は、はい」

「いや、あたしはもう……」

負けた牛鬼がそう言って辞退したのを、天狗がたしなめた。

「牛鬼さん。お気持ちは分かる。だが、もうおまえさん、別に天狗を名乗らなくっても、牛鬼の名でじゅうぶん、狐火さんに負けずにやっていける。それがこの半年で分かったでしょう。今日の負けだってたった二点の差です。皆があなたのことを認めていますよ」

牛鬼の目から、涙が一気に滲み出してきた。

――おっと、鬼の目にも涙だ。

こんな時でさえ、ついこんな地口《じぐち》が頭に浮かんでしまう、己のお調子者ぶりに呆れつつ、しかし秀八の目にも実は熱いものがこぼれそうになっていた。

左右に牛鬼と狐火を従えて天狗が座ったところで、柝の音を入れ、もう一度幕を開ける。

「皆さま、本日はどうも、ありがとうございます」

さっきまでとは違う、凜《りん》とした声だ。とても、今の今まで、歩くのにも人の手を借りていた人とは思えない。客の方は三代目が出し抜けに姿を見せたというので、皆驚き過ぎたのか、むしろ静まりかえっている。

「これより、こちらの狐火さんに、四代目天狗の名をお渡しいたします。とはいえ……」

天狗は淀みない口調で、四代目と牛鬼へのひいきを客に願い、両脇の二人は深々とお辞儀をしている。

「……さて、この興行の追加を、ここでお願い申し上げます」

——追加？

「明日の夜席にて、この両名、それから手前と、若輩ながら磔の四名によりまして、〈お富与三郎〉全段を、順に口演いたします」

——え？

狐火と牛鬼が、思わず顔を見合わせた。

「すでに高座を退いて久しい手前が、かようなことを企むのはお見苦しいところではありますが、四代目と牛鬼、二人の新たな門出への、ささやかな祝いと思し召して、一夜限りの特別興行、何卒お許しくださいますよう、お客さま、お席亭、皆さまに、御願い上げ奉る次第に存じます」

客席が大騒ぎになり、言葉の最後の方は聞き取れないほどだ。あまりのことに秀八が我を忘れて突っ立っていると、弁慶から「席亭、早く柝を入れろ！」と怒声が飛んできた。

「へ、へい！」

慌てて鳴らすと、弁慶がささっと幕を引いてくれた。

「何ぼやぼやしてんだ。だめじゃないか」

「すいやせん。あんまりびっくりしちまって」

「おれだってびっくりしてる。とんでもないこった」

当の天狗は高座に座ったまま、胸を押さえながら天を仰いでいる。

「師匠、だいじょうぶですか」

駆け寄っていくと、天狗の荒い呼吸が伝わってきた。

「ええ。ちょっと、このまま休ませてください……お席亭、勝手なことを申しまして。お許しくださいますか」

「も、もちろんです。とにかく、休んでください」


「なんか、すごい日だったね」

「ああ。まだ続きがあるけどな」

夜、お初を間に入れた川の字になって、おえいと秀八は、なかなか寝付かれずにいた。

「ただね、あたし、とっても小さいことで、一つうれしいなと思ったことがあって」

「なんだ？」

大きなことはまあ、たくさんあったが。

「あのね、満点だったじゃない？　お二人の点足したら」

――満点？

「うちに来たお客さんは、みんな、必ずどっちかには入れ札して、帰ってくださったんだなあって。他の寄席では必ず、どっちにも入れないで帰った人がいたって聞いてたから」

「そうか。そういえば、そうだな」

「明日、楽しみだね」

「ああ」


色物を入れず、四人数珠《じゅず》つなぎで〈お富与三郎〉を通しでやる。

前代未聞の口演の順序は、礫がはじめに上がり、あとの三人はくじで、ということになった。

「では、牛鬼師匠、三代目、四代目の順で。どうぞよろしくお願いいたします」

我も我もと客席が埋まりだした頃、舞台袖にもう一人、姿を見せた者がいた。

「おまえ……。何しにきた。破門のはずだが」

天狗が厳しい声を上げると、狐火がそれを押しとどめた。

「三代目。木霊の名は、四代目を継いだ者が好きにしていいということでしたね？」

「ああ。先生にはそうお話ししておいたが」

狐火は、かしこまって背を縮めている木霊の肩を後ろからつかむと、天狗に向かって押し出すようにした。

「では、この人は今日から、牛鬼さんの弟子の、木霊です。お許しいただけますね」

天狗が一度天を仰ぐような仕草をして、それから持っていた手ぬぐいで目の端を拭った。

「狐火さん、牛鬼さん……。いったい、なんと言って良いか。きっと、手数をかけると思いますが、どうぞ」

狐火に向かって深々と頭を下げる天狗の横で、秀八があっけにとられていると、背中にばしっと手が飛んできた。

「あとでおごれよ」

――弁慶師匠。

どうやら、二人に話を付けてくれたらしい。

「早速今から、前座仕事をしてもらいますから」

今日は噺としての前座はなしで、まずは礫が〈お富与三郎〉の「発端」を演じた。

礫が下りてきた後、木霊が舞台に上がり、座布団を返したりしていると、客席から

「あれ？」という声がちらほら聞こえてきた。

——良かった。良かった。

秀八の目は箍《たが》が緩んだように、水が流れっぱなしである。

牛鬼の「木更津《きさらづ》」の段の後は、天狗の「玄冶店《げんやだな》」だ。今日も、「歩くところを見せたくない」という意向で、幕を引いての登場となった。

「…… 〝お富さん、こりゃァえろう、難しくなってきたぞえ〟……」

おととしの春に聞いて以来だ。思わず席亭としての仕事を忘れてしまいそうである。

「…… 〝ご新造さんぇ、おかみさんぇ、お富さんぇ。イヤさ、コレお富、久しぶりだなあ〟……」

——あれ？

天狗の体が前へつんのめったまま、動かなくなってしまった。

「いかん。幕だ。それから、誰かお医者を」

木霊が真っ先に高座に駆けつけた。天狗の口から、白い泡が吹き上がっている。

「運べ、そっと。おれの背に乗せるんだ」

弁慶の大きな背中に、ふわっと天狗の体が乗った。

「つ、続きを、誰か。代わりに」

天狗が小さい声でそう言って、目を閉じてしまった。

「どうしますか。牛鬼さんでも狐火さんでも、もし代わってくださるなら」

秀八がそう言うと、狐火が「それは違います」とつぶやいて、首を横に振った。

「おまえが行きなさい」

牛鬼が木霊に命じた。

「お、おれ、おれですか。おれにそんな」

「ここでできないでどうする。親孝行なさい。できないというなら、入門の許しは取り消す」

木霊は一度うつむいて、それから覚悟したように、父と新しい師匠とを正面から見つめた。

「分かりました、行って参ります」

「よし。お席亭、柝、鳴らしてやってください」

再び幕が開いて、木霊が上がっていった。

「ええ、ここからは飛び入り、九尾亭木霊でお付き合いを」

ざわついていた客席から、「おお」と声が上がり、すぐ静かになった。

「……〝イヤさ、これお富、久しぶりだなぁ〟〝そういうおまえは〟〝与三郎だ〟……」

――木霊。

弁慶のところで稽古していたというだけあって、口調も間も、なかなかしっかりしている。

「…… 〃知れたことよ。居所が知れたが幸いだ〃 ……」

木霊の噺ぶりが聞こえたのか、天狗が小さく指を動かした。

「師匠？」

「三代目！」

「あり、が、と……」

——師匠⁉

「玄庵先生、おいでになりました」

弁良坊が医者の玄庵と、お内儀のお幸を連れてきた。

「あれほど高座に上がらせてはいけないと言ったのに。おかみさん、私との約束、破りましたね」

玄庵がため息を吐いた。

「すみません。どうしてもと言って聞かないもので。好きにさせてやりたくて……お席亭さん、ご迷惑かけて」

「と、とんでもねぇ」

昔、いつか天狗と木霊の師弟親子共演の顔付けができたら、と思い描いていたことがあった。

でも、それはこんな形じゃない。

こんな、命を削ってまで、出てくれって思ったつもりはなかったのに。

枯れ枝のように細い指を、お幸が握るのが見えた。

「……〝その用といって、他のことじゃござりません。ここにいるお富のことサ〟……」

袖ではもう誰も、何も言わなかった。ただただ、高座から流れる、木霊の声が聞こえていた。

「おまえさん。聞こえるかい。あの子、ちゃんとやっていますよ」

お幸の涙がはらはらと、天狗の指を濡らしていった。

「お、お先に勉強させていただきました」

「玄治店」を演じ終えて下りてきた木霊が、狐火にこう言いながら頭を下げた。

先に高座に上がった者が、演じ終えて下りて来た時、次の出番の者にこう挨拶するのは、寄席の楽屋のしきたりである。

――体が覚えているんだろうな。

「ええ。こっちも、参りますよ。存分にね」

かっと見開いた狐火の目の光に、秀八は気圧《けお》され、息を呑んで見送った。傍らでは、木霊が天狗に駆け寄っていく。

「おっ母さん、来ていたんだ。お父っつぁんは……」

「おまえ……最後だけは、最後だけは、親孝行だったね。やっと……」

お幸の嗚咽《おえつ》は、やがて客席の拍手にかき消され、聞こえなくなった。

安政三年十月九日。

三代目九尾亭天狗は、寄席品川清洲亭で息を引き取った。

四代目天狗の門出と、息子木霊の再出発を、見届けての最期だった。

秀八とおえいにとっては、一生忘れられない、特別な一日となった。

阿部知代×奥山景布子
スペシャル対談

特別対談は、「寄席品川清洲亭」シリーズを愛読されているというフジテレビの阿部《あべ》知代《ちよ》さんと著者である奥山景布子《おくやまきょうこ》さん。お二人は落語にとても造詣が深く、本書の中に仕込まれている落語ネタや噺《はなし》、好きな落語家について、そしてこのシリーズの醍醐味《だいごみ》など、深く楽しく語らっていただきました。

阿部　「寄席品川清洲亭」シリーズの最新刊である第三巻、『づぼらん』について伺う前に、先生はどうして席亭を主役に書こうとお思いになったのですか？

奥山　シリーズもので何か書きませんか、というお話をいただいた時、最初は落語家を主役にすることを考えたんです。でも、そうすると、どうしてもその人ひとりのお話になってしまう。もう少し、たくさんの人が出てくる賑やかな空間を書きたいと思ったんですね。そんな頃、拙著『たらふくつるてん』の出版記念落語会で柳亭左龍《りゅうていさりゅう》さんにお会いしたら、席亭が主役の話を読みたいと言ってくださったんです。そうか、主役を席亭にしたらいろんな人が書けるなと、左龍さんの案をいただきました。

阿部　このシリーズはほんとうに、席亭の秀八さんとおえいさん夫婦の周りにいる人たちも大変魅力的です。噺家をはじめ、席亭を支える人や、長屋に住むご近所さん、秀八さんの大工仲間、そして家族と、それぞれに過去があり、シリーズがすすむにつれ、いろんな事情を抱えているのがわかっていきますね。

奥山　実は、左龍さんは、芸人をがっちり支えてくれるような、頼りになる席亭をイメージされていたようなのですが、私が書くと秀八になってしまって……（笑）、おっちょこちょいの席亭のほうが書きやすかった。そのほうが何かと事件も起こるし、周りが支えてくれるだろうとも思いました。秀八は、大工の棟梁《とうりょう》をしながら席亭を始めるわけですが、実際に、江戸時代は副業で席亭をやる人が多かったようなんです。だったら、小さい寄席《よせ》をやるぞっていう夫婦がいてもおかしくないし、面白いだろうなと。

阿部　その夫婦を中心にお話が展開するこのシリーズですが、『づぼらん』の第一話「カンペキの母」は強烈です。秀八夫婦と疎遠になっていた秀八のお父さん・お母さんが突如現れ、おえいさんとお姑《しゅうとめ》さんが直接対決することになる。しかもおえいさんは、出産直後という大変な時期。どうなっちゃうの??　とハラハラ

しながら読みました。

奥山　いつの時代も、上の世代の女性たちは、下の世代の女性たちに対して、少し批判的だったり、嫉妬めいた気持ちを持っていたりしますよね。

阿部　わかります。昔はこういうやり方はしませんでした、とかね。家庭でも仕事でもあると思います。

奥山　はい。そうした世代間の対立は普遍的にあるものだろうから、思い切り書いてみてもいいんじゃないかと考えました。私の世代だと、お嫁さんに苦労している友人もいれば、お姑さんに苦労している人もいて、両方の話に、なるほどなあと思って。

阿部　本当に思い切りお書きになるから（笑）、ドキドキしながら読みました。一転、第三話「いよ！　まんてんの夜」は……、先生、ずるいです。もう、ぼろ泣きです。

奥山　木霊《こだま》をどうしようかと、ずっと考えてきました。彼は落語家・九尾亭天狗《きゅうびていてんぐ》の息子ですが、第一巻である事件を起こして父に破門、勘当された。今は僧侶見習いをしている身で、簡単には立ち直れないはずです。もし立ち直るとしたら、それは、どのくらいのことを乗り越えた時だろうかと……。

阿部　今思い出しても泣けます。この第三話は襲名にかかわる物語で、父と息子の関係がクローズアップされますよね。第一話は嫁と姑だし、他にも身内のトラブルメーカーが出てきて家族を悩ませたり。それから、出てくる女性のほとんどが仕事をしていて、子供をなかなか授からないという苦悩も出てくる。清洲亭シリーズは、江戸時代が舞台ではありますが、令和の時代に通じる論点がたくさん詰まっています。だから読者はドキドキするし、にんまりするし、共感もする。そこが魅力の一つだと思いました。

奥山　どんな時代であっても、人間、二十年、三十年生きていると、大なり小なりいろんなことがありますから、単純なキャラクターはできるだけ書かないように心がけました。みな、心の奥に何かある人ばかりにしようと。読者の方に甘えたストーリーにはしないように、という意識はありましたね。

阿部　読者の方に甘えるというのは、具体的にはどういうことですか？

奥山　このキャラクターは優しい人だとわかってくれていますよね、と、読者と馴《な》れ合うことです。できるだけそうならないように、ほどよく読者の方を裏切っていきたいんです。あまり裏切ると、これまでの話はなんだったんだ！　となるのでダメなのですが、適度な挑戦をいつも心がけています。今回でいえば、優しいおえいでも、姑にはここまで言うんだという一面を見せたかった。

阿部　おえいさんといえば、おふみさんとの関係もいいですよね。過去にある出来事が起きて、おえいさんは、その時のおふみさんを許すことはできないと言う。一方で、おふみさんは清洲亭には欠かせない三味線弾きで、二人は仲良くなりつつもある。

奥山　若い頃は、一度喧嘩《けんか》した友達と、再び関係を復活させることはできないと思っていたのですが、自分が歳《とし》を重ねていくにつれ、場合によっては、新しい友情の形があるような気がしてきたんです。相手との間に許せない出来事があったとしても、それはそれとして、新しい関係を築いていくことはできるのではないかと。二人の関係には、そういう気持ちを反映しています。池波正太郎先生の「（人間は）悪いことをしながら善いことをし、善いことをしながら悪事をはたらく」（『鬼平犯科帳《おにへいはんかちょう》8』文春文庫）という言葉を読んだ時、その通りだなと思いました。自分ではいいことをしているつもりでも、他人に迷惑をかけていることもあれば、凄《すご》く悪いことをしていても、その過程で一つだけいいことをしていることもある。人間ってそういうものだから、小説でも単純にはいかない、直線的には進まない話を書いていきたいと思っています。

阿部　先生はいつから落語を聞くようになったのですか？

奥山　小説を書き出した頃なので、十二、三年前ですね。阿部さんは？

阿部　ちょうど私も同じ頃です。歌舞伎は子供の頃から見ていたのですが。

奥山　一緒です！　私も歌舞伎が先で、落語のほうが新しいんです。

阿部　何かきっかけがあったのですか？

奥山　もともと歌舞伎は好きだったのですが、チケット代は安くないし、私は名古屋に住んでいることもあって、あまり度々は見に行けない。そういう意味で、歌舞伎は非日常のご馳走《ちそう》なんですね。対して、私にとって日常の娯楽は読書でした。ところが書き手に回ると、読書は娯楽ではなくなってしまった。仮に仕事とは関係なく好きな作家の作品を読んでいても、頭が勉強モードになってしまうんです。どうやったら私もこういうふうに書けるかしらと考えてしまって……。もう少し日常的に癒される趣味がほしいなと思っていたら、落語好きだった夫が誘ってくれて、それからですね。

阿部　はまるきっかけになった方がいらっしゃった？

奥山　一番驚いたのはＳＷＡの公演でした。春風亭昇太《しゅんぷうていしょうた》さん、林家彦《はやしやひこ》いちさん、柳家《やなぎや》喬太郎《きょうたろう》さん、三遊亭白鳥《さんゆうていはくちょう》さんの四人が、新作ばかりなさる会です。高座の途中で座布団投げちゃったり（笑）。こんなのもあるんだと衝撃を受けてしまって。中でも喬太郎さんの「ハワイの雪」には感動して、以来大ファンです。

阿部　あれは泣いてしまいますね。

奥山　ずっと笑いの絶えない噺なのに、最後の一瞬で、人情噺になりますよね。その落差がすごい！　阿部さんのきっかけは何でしたか？

阿部　アナウンサーとして入社した頃から、落語は勉強になるから聞くといいよ、と、先輩に勧められてはいたんです。でもその頃はあまりピンとこなかったんですね。それが十二、三年前に、たまたま親と一緒に行った落語会で立川《たてかわ》談春《だんしゅん》さんを聞いたら、衝撃を受けて。それからですね。

奥山　聞かれるようになって、アナウンスに何か影響はありましたか？

阿部　もちろん勉強になっているとは思うんです。思うのですが、勉強より何より、ただひたすら落語の世界に浸るのが心地いいんですね。私は朗読の仕事もしていて、朗読を教える機会もあるのですが、その時必ず、朗読というのは「言葉で絵を描くこと」と伝えます。舞台でお客さんを前にして朗読する時は、お客さんとの間に目に見えない透明なスクリーンがあると思って、そこに自分が読んでいる内容を絵にして描いてくださいねと。そうすると、お客さんもその絵を見て、自分なりのイマジネーションを加えたりして楽しんでくださるというお話をするんです。落語を聞くと、それぞれの方が個性豊かにそれぞれの世界を描いていらっしゃり、私はいつもそれを楽しんでいるだけなんですね。だからたぶん、最初の話とは矛盾するんですが勉強にはなっていなくて（笑）、今日も笑ったな、今日も泣けちゃったなというだけなんです。

奥山　それがいちばん大事なことのような気がします。今日も楽しかったな、が。

阿部　このシリーズには落語好きにはたまらない仕掛けやネタが詰まっていますよね。

どこかで聞いたことのある話だなと思ったら、「これじゃあまるで〈大工調べ〉だ」と答え合わせがあったり、島崎楼のご主人の名前が「佐平次」だったり。落語の「居残り佐平次」といえば廓《くるわ》が舞台ですし。

奥山　嬉《うれ》しいです。知らなくても全然問題なくお読みいただけるように書いているつもりですが、好きな方にはぜひニヤッとしていただけたらと思って頑張っています。

阿部　作品に出てくる噺家が、高座で何を口演するのかも気になります。

奥山　実はこの作品に出てくる落語家にはモデルがあります。だから、この人だったらこんなふうに話すだろうとか、想像していますね。

阿部　えっ！　モデルがいらっしゃるんですか?!　天狗さんや弁慶さんにも？

奥山　はい。江戸時代ではなく、現在活躍されている落語家の方の性格や高座の雰囲気を参考にしているところが多いです。どなた、とは明かせないのですが……。

阿部　そうだったんですね。ではそれを想像するのは、落語ファンの新たな楽しみですね。後でこっそり教えていただきたいですが（笑）。それにしても先生はお忙しいのに、どのように落語を聞く時間を作っていらっしゃるのですか？

奥山　それはもう、無理やりにでも確保しています。というのはやはり、聞いていないと書けないんですね。先ほど阿部さんが仰《おっしゃ》ってくださったような落語的なネタやフレーズが出てこない。たとえば第一話に出てくる「奥で産をするから奥さん」とか。

阿部　はい。落語の「やかん」ですね。

奥山　はい。落語を見たり聞いたりすることでしか出せない、文章の匂いや雰囲気もあるでしょうし。だから私の場合は、落語を食べて栄養にして書いている感じですね。

阿部　今回、この対談に当たって、一、二、三巻を通して、三回読んだんです。それで思ったのは、この小説自体が落語のようだということ。つまり物語を知っていても、それでも楽しいし、感動するし、新たな発見があるんです。ああ、この一言がここにつながっていたんだということを、三回目の読書で気づいたり、展開がわかっていても、また泣いちゃったり。凄く楽しい読書であり、そして、これは落語のようだなあと。

奥山　ありがとうございます。時々、落語そのものを書く気はないのですかと聞かれるのですが、今のところ私にはそれはないです。なんと言いますか、自分に書ける気がしないです。だから作品で、私が書いているのは、落語というより、落語が好きな気持ちなのかな。いちファンとして、こんなふうに落語を楽しんでいます、ということを、この作品を通じて多くの人に伝えられたら嬉しい。このシリーズは言ってみれば、落語へのラブレターなんです。

阿部　彦九郎さんとか、竹呂香さんとか、まだまだ何かありそうなキャラクターがたくさんいます。第四巻、第五巻と、今後を楽しみにしています。

本書は、集英社文庫のために書き下ろされた作品です。

本文デザイン／高橋健二（テラエンジン）
巻末対談構成／砂田明子
写真／田﨑嗣朗

集英社文庫　目録（日本文学）

集英社文庫　目録（日本文学）

落合信彦　王たちの行進
落合信彦　そして帝国は消えた
落合信彦　騙《だま》し人《にん》
落合信彦　ザ・ラスト・ウォー
落合信彦　どしゃぶりの時代 魂の磨き方
落合信彦　ザ・ファイナル・オプション 騙し人II
落合信彦　虎を鎖でつなげ
落合信彦　名もなき勇者たちよ
落合信彦　小説サブプライム 世界を破滅させた人間たち
落合信彦　愛と惜別の果てに
乙一　夏と花火と私の死体
乙一　天帝妖狐
乙一　平面いぬ。
乙一　暗黒童話
乙一　ZOO 1
乙一　ZOO 2
古屋×乙一×兎丸　少年少女漂流記
乙一　荒木飛呂彦・原作　The Book jojo's bizarre adventure 4th another day
乙一　箱庭図書館
乙一　僕のつくった怪物 Arknoah 1
乙一　ドラゴンファイア Arknoah 2
乙川優三郎　武家用心集
小野正嗣　残された者たち
恩田陸　光の帝国 常野物語
恩田陸　ネバーランド
恩田陸　ねじの回転(上)(下) FEBRUARY MOMENT
恩田陸　蒲公英《たんぽぽ》草紙 常野物語
恩田陸　エンド・ゲーム 常野物語
恩田陸　蛇行する川のほとり
開高健　オーパ！
開高健　風に訊け
開高健　オーパ、オーパ!! アラスカ・カナダ カリフォルニア篇
開高健　オーパ、オーパ!! アラスカ至上篇 コスタリカ篇
開高健　オーパ、オーパ!! モンゴル・中国篇 スリランカ篇
開高健　知的な痴的な教養講座
開高健　風に訊け ザ・ラスト
開高健　青い月曜日
海道龍一朗　華、散りゆけど 真田幸村 連戦記
海道龍一朗　早雲立志伝
加賀乙彦　津村節子　愛する伴侶《ひと》を失って
垣根涼介　月は怒らない
柿木奈子　さいはてにて やさしい香りと待ちながら
角田光代　みどりの月
角田光代　佐内正史　だれかのことを強く思ってみたかった
角田光代　マザコン
角田光代　三月の招待状
角田光代　松尾たいこ　なくしたものたちの国
角田光代他　チーズと塩と豆と

集英社文庫　目録（日本文学）

角幡唯介　空白の五マイル　チベット、世界最大のツアンポー峡谷に挑む
角幡唯介　雪男は向こうからやって来た
梶よう子　アグルーカの行方　129人全員死亡、フランクリン隊が見た北極
梶よう子　柿のへた　御薬園同心 水上草介
梶よう子　お伊勢ものがたり　親子三代道中記
梶井基次郎　桃のひこばえ　御薬園同心 水上草介
梶山季之　檸檬
片野ゆか　赤いダイヤ(上)(下)
片野ゆか　ポチのひみつ
片野ゆか　ゼロ！　熊本市動物愛護センター10年の闘い
かたやま和華　動物翻訳家　心の声をキャッチする、飼育員のリアルストーリー
かたやま和華　猫の手、貸します　猫の手屋繁盛記
かたやま和華　化け猫、まかり通る　猫の手屋繁盛記
かたやま和華　大あくびして、猫の恋　猫の手屋繁盛記
かたやま和華　されど、化け猫は踊る　猫の手屋繁盛記
かたやま和華　笑う猫には、福来《きた》る　猫の手屋繁盛記

かたやま和華　ご存じ、白猫ざむらい　猫の手屋繁盛記
加藤元　四百三十円の神様
加藤千恵　ハニー ビター ハニー
加藤千恵　さよならの余熱
加藤千恵　ハッピー☆アイスクリーム
加藤千恵　あとは泣くだけ
加藤千穂美　エンキリ　おひとりさま京子の事件帖
加藤友朗　移植病棟24時
加藤友朗　移植病棟24時　赤ちゃんを救え！
加藤実秋　インディゴの夜
加藤実秋　チョコレートビースト　インディゴの夜
加藤実秋　ホワイトクロウ　インディゴの夜
加藤実秋　Dカラーバケーション　インディゴの夜
加藤実秋　ブラックスローン　インディゴの夜
加藤実秋　ロケットスカイ　インディゴの夜
加藤実秋　学園《スクール》王国《キングダム》　インディゴの夜

上遠野浩平　荒木飛呂彦・原作　恥知らずのパープルヘイズ　―ジョジョの奇妙な冒険より―
金井美恵子　恋愛太平記1・2
金子光晴　金子光晴詩集　女たちへのいたみうた
金原ひとみ　蛇にピアス
金原ひとみ　アッシュベイビー
金原ひとみ　AMEBICアミービック
金原ひとみ　オートフィクション
金原ひとみ　星へ落ちる
金原ひとみ　持たざる者
加野厚志　龍馬暗殺者伝
加納朋子　月曜日の水玉模様
加納朋子　沙羅《さら》は和子《わこ》の名を呼ぶ
加納朋子　レインレイン・ボウ
加納朋子　七人の敵がいる
壁井ユカコ　2.43 清陰高校男子バレー部①②
壁井ユカコ　2.43 清陰高校男子バレー部 代表決定戦編①②

集英社文庫　目録（日本文学）

集英社文庫

づぼらん 寄席品川清洲亭《よせしながわきよすてい》 三

2019年 7 月25日　第 1 刷　　定価はカバーに表示してあります。

著　者　奥山景布子《おくやまきょうこ》

発行者　徳永　真

発行所　株式会社 集英社

東京都千代田区一ツ橋2-5-10　〒101-8050

電話　【編集部】03-3230-6095

【読者係】03-3230-6080

【販売部】03-3230-6393（書店専用）

印　刷　中央精版印刷株式会社　株式会社美松堂

製　本　中央精版印刷株式会社

フォーマットデザイン　アリヤマデザインストア　　マークデザイン　居山浩二

ISBN978-4-08-744006-5 C0193